FOLIO CADET

Traduit de l'anglais
par Bee Formentelli

Maquette : Anne-Catherine Boudet

Cet ouvrage a été publié sur les conseils de Sam Churchill

Calligraphie et informations figurant
sur le premier rabat de couverture :
Charlotte Jao

ISBN : 978-2-07-061744-9
Titre original : *Little Tang and his Friends*
Édition originale publiée par Harcourt, Inc., USA

N° d'édition : 155413
Loi n° 49-956 du 16 juillet 1949 sur les publications destinées à la jeunesse
Dépôt légal : septembre 2008
Imprimé en Espagne par Novoprint (Barcelone)

Eleanor Frances Lattimore

Petit Tang
et ses amis

GALLIMARD JEUNESSE

CHAPITRE 1

Où une surprise attend Petit Tang

Il y a en Chine un village du nom de Shegu avec, tout autour, des champs plats où l'on cultive des légumes. Au-delà, loin, très loin, s'étendent, d'un côté, une grand-route conduisant à la ville, et de l'autre, une grande rivière conduisant à la mer.

Dans ce village vivait jadis un garçon appelé Petit Tang. Il avait la tête rasée, à l'exception d'une petite touffe de cheveux nattée serrée au sommet du crâne. Ses yeux noirs étaient pareils à des pépins de pomme, et même si son visage rond avait une expression grave, presque solennelle, la petite tresse qui se dressait toute droite sur sa tête lui donnait l'air plutôt malicieux.

Son père, sa mère et ses deux sœurs aimaient beaucoup Petit Tang, mais ils le

trouvaient souvent très vilain. C'est qu'il ne pouvait s'empêcher de tenter des expériences en tous genres, et, la plupart du temps, ces expériences provoquaient, semble-t-il, de mini-catastrophes. Un jour, en allumant un pétard, il avait oublié de reculer à temps, et le pétard avait fait un trou dans sa veste neuve. Un autre jour, il avait mangé trois pêches vertes et, bien entendu, il avait eu très mal au ventre. Une autre fois encore, il était tombé dans le fleuve.

– Ne fais pas de bêtises, lui répétait souvent sa mère, Lune d'Automne.

– Ne te sauve pas, surtout ! lui répétait son père.

C'était bien difficile pour Petit Tang de se rappeler la liste de toutes les choses qu'il était interdit de faire.

Petit Tang avait six ans. Il était le benjamin de la famille. Sa sœur aînée, Grande Fleur, avait onze ans, et sa seconde sœur, Petite Fleur, huit. Elles étaient aussi sages que charmantes, et ne donnaient jamais à personne l'occasion de les gronder. Grande Fleur aidait sa mère à s'occuper du ménage et cousait beaucoup ; quant à Petite Fleur, elle faisait les commissions et, quelquefois, cousait un peu, elle aussi. Les longs cheveux de Grande Fleur étaient nattés dans le dos, tandis que ceux de Petite Fleur étaient partagés en deux tresses plus courtes. Les fillettes portaient toutes les deux de minuscules boucles d'oreilles en or.

Petit Tang aurait bien voulu ne pas être le dernier de la famille. Quand on est le plus jeune, toute la famille est sans cesse derrière vous.

« Aïe-ah, pensait Petit Tang. J'aimerais tellement avoir un petit frère ! Si j'en avais un, je pourrais m'en occuper. Et tout le monde comprendrait enfin que je suis un grand garçon. »

La maison où habitaient Petit Tang et sa famille était faite de briques couleur de poussière cuites au soleil. Elle ne comportait qu'une pièce occupée presque pour moitié par un kang, un vaste lit de briques grises recouvert d'une natte de paille. Par-dessus, il y avait des couettes que l'on roulait pendant le jour et étendait le soir. Toutes les personnes de la famille dormaient sur ce lit ; elles y prenaient aussi leurs repas, rassemblées autour d'une petite table basse.

Il y avait trois fenêtres, avec quantité de petits carreaux non pas en verre mais en papier, et une seule porte, qui ouvrait sur la cour de devant.

Cette cour était entourée d'un mur très haut, si haut même qu'il était impossible de voir quoi que ce soit au-dessus, excepté le ciel et les nuages. Mais dans le mur était percé un portail qui donnait directement sur la rue. Et quand on se tenait là, on pouvait contempler une petite partie du vaste monde, car la maison se trouvait tout au bout de la rue, à l'orée du village.

Petit Tang adorait se tenir sur le seuil du portail et regarder par-delà les champs.

Loin, très loin, il y avait la Grande Rivière. De son poste, il lui était impossible de la voir, mais il pouvait au moins apercevoir la rangée de saules qui bordait la berge et, parfois, de grandes voiles de couleur brune qui glissaient lentement derrière les arbres.

De chaque côté du portail il y avait deux lions de pierre. On aurait dit qu'ils en surveillaient l'accès, tels deux chiens de garde. Ils avaient des crinières bouclées, des yeux ronds qui vous regardaient fixement et des gueules grandes ouvertes. Mais ils ne pouvaient pas mordre, et Petit Tang n'avait pas du tout peur d'eux.

Un jour, donc, Petit Tang se tenait dans l'encadrement du portail, en équilibre sur la haute marche de bois. Il avait joué toute la journée au village avec ses amis, et il était l'heure de rentrer à la maison pour le repas du soir. Il avait plutôt faim, mais il n'avait pas envie de rentrer tout de suite chez lui. Il regardait rêveusement du côté du fleuve, là où se trouvaient les bateaux. Il aurait tellement voulu retourner au bord de la Grande Rivière ! Sans tomber, cette fois !

« Ah, si seulement je pouvais grandir d'un seul coup ! se disait-il. J'aurais alors

un grand navire à moi et je descendrais le fleuve jusqu'à la mer. » Tandis qu'il méditait ainsi, il entendit quelqu'un appeler :

– Petit Tang ! Petit Tang !

Il lui sembla reconnaître la voix de sa seconde sœur, Petite Fleur.

– J'arrive ! cria-t-il en réponse.

Mais il ne bougea pas d'un pouce.

– Petit Tang ! héla à nouveau Petite Fleur qui sortit en courant de la maison pour traverser la cour à sa rencontre.

– Viens vite, Petit Tang ! répéta-t-elle. Il y a à la maison quelque chose que tu n'as encore jamais vu.

Petite Fleur avait l'air tout excitée, et son excitation ne tarda pas à gagner Petit Tang. Que pouvait bien être cette chose qui l'attendait à la maison et qu'il n'avait encore jamais vue ?

– Est-ce un jouet ? demanda-t-il. Ou bien quelque chose à manger ?

Petite Fleur refusait obstinément de répondre.

– Viens voir, dit-elle. C'est une surprise.

Petit Tang finit par suivre sa sœur à l'intérieur de la maison. Il promena son regard à la ronde dans toute la pièce. Devant le fourneau il y avait Grande Fleur, occupée à préparer le repas. Le père était là aussi, l'air tout content. Et, allongée sur le vaste lit de brique, il y avait Lune d'Automne qui tenait contre elle une toute petite chose enveloppée dans une couverture matelassée.

– C'est ça ? demanda Petit Tang.

Mais avant même que Petite Fleur ait eu le temps de répondre, la mère dit :

– Viens voir, Petit Tang. Je te présente ton petit frère.

Petit Tang s'approcha du lit et jeta un coup d'œil furtif à l'intérieur de la couverture. Son frère était tout petit, vraiment très petit, beaucoup plus petit que les petits frères et sœurs de ses amis. Il était même si minuscule que Petit Tang se sentait, en comparaison, grand, très grand et même gigantesque. De toute sa vie il ne s'était jamais senti aussi grand. Quelle aubaine d'avoir un frère, surtout pour n'être plus le petit dernier de la famille !

– Je peux m'occuper de lui ! s'écria Petit Tang.

CHAPITRE 2

Où Dragon d'Or a une fameuse idée

Lorsque le petit frère eut un mois, on lui donna un nom. On l'appela Jade-Li. Tous les gens du village vinrent lui rendre visite et lui apporter quantité de présents : vestes et pantalons de satin ou bonnets et chaussons brodés. Ils apportaient aussi des jouets et des pièces de monnaie percées de trous et enfilées sur un cordon noué. C'était une affaire sérieuse que d'avoir un mois et de recevoir un nom.

Dragon d'Or, le meilleur ami de Petit Tang, vint rendre visite à Jade-Li avec les autres et lui offrit un tigre en tissu aux yeux de verre couleur d'émeraude. Il était un peu plus âgé que Petit Tang, et il avait un visage encore plus grave et solennel, mais cela ne l'empêchait pas d'être presque aussi espiègle que Petit Tang.

Dragon d'Or avait un petit frère, lui aussi, mais celui-ci avait déjà trois ans, et personne ne lui apportait de cadeaux. Il avait un nom, bien entendu, mais personne ne s'en souvenait jamais, car on l'appelait toujours « Didi » – ce qui signifie « frérot ».

Dès que Dragon d'Or aperçut Jade-Li, il annonça :

– J'ai un petit frère, moi aussi.

– Un nouveau ? demanda Petit Tang, très surpris.

– Non, répondit Dragon d'Or. Il a trois ans.

– Oh, mais je l'ai vu des dizaines de fois ! s'exclama Petit Tang.

Dragon d'Or resta silencieux une longue minute avant de déclarer d'un ton pénétré :

– Un frère de trois ans, c'est bien mieux qu'un frère qui n'a qu'un mois. Au moins, il peut marcher et parler.

Petit Tang commença à se sentir vaguement triste. C'était très bien d'avoir un frère à qui tout le monde venait apporter des cadeaux, mais il regrettait de tout son cœur qu'il ne puisse ni marcher ni parler.

Quelque temps plus tard, Lune d'Automne dit à Petit Tang :

– Jade-Li dort, et je vais en profiter pour aller au marché. Veux-tu aider tes sœurs à t'occuper de lui pendant mon absence, Petit Tang ?

– Oui, répondit Petit Tang. Je le tiendrai dans mes bras et je ferai très attention à ne pas le laisser tomber.

C'est ainsi que Petit Tang tint le bébé dans ses bras, tandis que Grande Fleur et Petite Fleur cousaient. L'aînée confectionnait une petite veste matelassée pour Jade-Li et la cadette brodait sur le bout des chaussons du bébé des ailes de chauve-souris porte-bonheur. Pendant ce temps, dans la cage suspendue au mur, juste au-dessus de leurs têtes, leur canari sautillait en gazouillant.

C'était une journée délicieusement tiède, aussi avait-on laissé ouverte la porte de la maison. Petit Tang était assis sur le seuil avec le bébé profondément endormi. Celui-ci avait presque deux mois à présent, mais il était toujours incapable de marcher comme de parler.

Petit Tang resta si longtemps assis sans bouger que, bientôt, il eut des fourmis dans les jambes. À force de tenir Jade-Li, il avait aussi mal aux bras. Réflexion faite, s'occuper de son petit frère était plus dur qu'il ne l'aurait pensé. Il se leva et traversa la cour en prenant bien soin de ne pas lâcher son précieux fardeau.

– Ne t'éloigne pas, cria Petite Fleur.

– Non, non, je ne m'éloignerai pas, répliqua Petit Tang.

Il n'en alla pas moins jusqu'au portail. Jade-Li ouvrit les yeux, mais avant même qu'il ait pu se mettre à pleurer, Petit Tang l'éleva en l'air pour lui montrer les arbres qui poussaient au bord du fleuve.

– Regarde, Jade-Li ! dit Petit Tang. Voilà la Grande Rivière ! Surtout, ne tombe jamais, jamais dedans !

À ce moment précis, il vit Dragon d'Or passer dans la rue. Il s'occupait, lui aussi, de son petit frère. Celui-ci marchait à son côté en babillant. Ils s'arrêtèrent tous deux pour parler à Petit Tang et regarder Jade-Li.

La tête de Didi était entièrement rasée à l'exception d'une frange qui lui barrait le front. Il portait un pantalon rouge et une veste rose à fleurs bleues. Il était très élégant, mais Jade-Li, tiré à quatre épingles, dans ses habits neufs, ne l'était pas moins.

– J'ai une idée ! dit Dragon d'Or à Petit Tang. Et si nous échangions nos frères ? Je vais ramener Jade-Li à la maison, et toi, tu peux garder Didi ici avec toi. Ta maman et la mienne seront bien étonnées !

L'idée de Dragon d'Or avait été si soudaine que Petit Tang n'eut pas le temps de réfléchir. Avant même de s'en être rendu compte, il avait remis Jade-Li à Dragon d'Or. Le bébé, qui s'était rendormi, ignorait bien entendu qu'il avait été l'objet d'un échange. Quant à Didi, il était tellement abasourdi qu'il ne soufflait mot. Il alla s'asseoir sur la marche entre les deux lions de pierre, et Petit Tang s'installa à côté de lui.

Ils regardèrent tous deux Dragon d'Or descendre la rue avec Jade-Li dans les bras.

En les voyant disparaître au coin de la rue, Petit Tang se sentit passablement inquiet, mais en même temps, il n'était pas mécontent. Car il avait maintenant un petit frère capable de marcher et de parler.

Entre-temps, Petite Fleur avait interrompu ses travaux d'aiguille. Elle était presque toujours la première à se fatiguer de coudre.

– Petit Tang ! appela-t-elle. Je vais m'occuper de notre bébé. Tu peux aller jouer.

Mais quand elle sortit de la maison pour aller chercher Jade-Li, elle ne le vit nulle part : il était introuvable ! À sa place, il y avait Didi, le frère de Dragon d'Or.

– Tu n'es qu'un vilain garçon ! s'écria Petite Fleur. Celui-ci n'est pas à nous ! ajouta-t-elle en montrant du doigt le pauvre Didi qui éclata en sanglots.

– Ne laisse pas le bébé pleurer ! lança Grande Fleur de l'intérieur de la maison.

Et elle sortit en courant pour voir ce qui se passait.

– Oh, quel vilain garçon tu es, Petit Tang ! Qu'as-tu fait de Jade-Li ?

Petit Tang se mit à contempler ses souliers d'un air penaud. À présent, il regrettait d'avoir échangé son frère avec celui de Dragon d'Or, car il savait bien que c'était une grosse bêtise.

– Dragon d'Or a emmené Jade-Li chez lui, confessa-t-il. Il nous a laissé son frère à la place.

Grande Fleur ne prit pas le temps d'en entendre davantage. Elle s'élança vers la maison de Dragon d'Or avec Petite Fleur sur ses talons. Petit Tang suivait. Il marchait plus lentement car il tenait Didi par la main. À chaque pas, il sentait son inquiétude grandir. Et si Dragon d'Or refusait de leur rendre Jade-Li ? Heureusement, ils croisèrent en chemin Dragon d'Or qui venait à leur rencontre. Il portait toujours Jade-Li dans les bras.

– Ma mère veut reprendre Didi, expliqua-t-il. Vous pouvez avoir Jade-Li !

C'est ainsi que Grande Fleur emmena Jade-Li, tandis que Dragon d'Or emmenait de son côté son propre frère. Et lorsque Lune d'Automne rentra du marché, ce fut pour trouver sa famille exactement telle qu'elle l'avait laissée, à une différence près : c'était maintenant Grande Fleur qui tenait le bébé dans ses bras, tandis que Petit Tang nourrissait le canari. Elle n'eut donc pas l'occasion d'être étonnée.

Quant à Petit Tang, il était bien résolu à ne plus jamais, jamais échanger son petit frère contre un autre – et tant pis s'il ne pouvait pas marcher ni parler !

■ CHAPITRE 3 ■■■

Où Petit Tang aide ses sœurs à ramasser les feuilles mortes

En automne, quand le vent se mit à souffler et à emporter les feuilles des arbres, les grandes personnes envoyèrent les enfants du village les ramasser. Ils devaient ensuite les rapporter à leurs familles, car les feuilles mortes alimentent efficacement les fourneaux et maintiennent la chaleur dans les maisons.

Un jour, Grande Fleur et Petite Fleur, laissant le village derrière elles, partirent à travers champs en direction de la grand-route pour aller ramasser les feuilles. Elles portaient sur leurs dos de grands paniers fixés aux épaules par des lanières, et elles tenaient à la main de longs râteaux de bambou. Ces râteaux étaient destinés à ratisser les feuilles, et les paniers à mettre les feuilles dedans.

Ce jour-là, il faisait froid, aussi Grande Fleur et Petite Fleur avaient-elles toutes les deux une veste supplémentaire. Le vent leur soufflait dans la figure et rougissait leurs joues. Elles se mirent à bavarder joyeusement. C'était si amusant de sortir de la maison pour aller ratisser les feuilles !

Petit Tang, debout sur la marche du portail, les regardait s'éloigner. Il aurait bien voulu aller ramasser les feuilles mortes, lui aussi, mais sa mère trouvait qu'il était trop petit pour cela. Petit Tang avait le cœur gros, car il avait envie de travailler comme les autres. Il en avait assez de jouer, et il ne pouvait tout de même pas passer son temps à s'occuper de son frère.

Ses sœurs étaient déjà loin quand Petit Tang sentit soudain qu'il lui serait impossible de rester là une minute de plus. Il se rua dans la maison où Lune d'Automne était en train de bercer son bébé.

– Mère, dit-il, est-ce que je peux aller rejoindre Grande Fleur et Petite Fleur ? J'ai six ans maintenant, et je ne suis plus le petit dernier. Je voudrais ramasser des feuilles avec les autres.

Lune d'Automne n'avait pas l'air très convaincue.

– À dire vrai, répondit-elle, j'ai peur que tu te perdes ou que tu fasses une nouvelle fugue.

– Oh, non ! s'écria Petit Tang. Je veux travailler à présent.

La mère sourit.

– Bon, très bien. Alors vas-y. Voici un autre râteau, et voilà un panier. Voyons quelle quantité de feuilles tu es capable de ramasser !

Sur ce, elle mit une veste supplémentaire à Petit Tang et attacha le panier sur son dos.

L'enfant s'empara du râteau et partit en courant. Il traversa la cour, franchit la haute marche de bois du portail et dévala le sentier

qui menait à travers champs. Son panier rebondissait sur son dos et son long râteau heurtait le sol à mesure qu'il avançait : clang, clang, clang.

Grande Fleur et Petite Fleur étaient encore loin devant, trop loin pour pouvoir entendre ses appels. Toutefois, elles marchaient, tandis que Petit Tang courait. Insensiblement, il se rapprochait de ses sœurs. Bientôt, elles furent à portée de voix et l'entendirent. Alors elles s'arrêtèrent pour attendre leur frère.

Petit Tang était hors d'haleine quand il les eut enfin rejointes. Il avait couru, couru tout le long du chemin, et puis il faut avouer qu'il était plutôt grassouillet.

– Aïe-ah ! s'écria-t-il. C'était dur !

Grande Fleur et Petite Fleur se mirent à rire.

– Nous n'avons pas encore commencé à travailler !

Entre-temps, ils avaient atteint la grand-route. Elle s'étendait devant eux comme une longue muraille, et ils ne pouvaient rien distinguer au-delà. Une pente escarpée conduisait au sommet de la grand-route. Elle était bordée de chaque côté d'une double rangée d'arbres : une rangée de pêchers et une rangée de saules. Le vent ployait les branches des arbres, et leurs feuilles jonchaient le sol.

Petit Tang se disait qu'il n'en avait jamais vu autant. Il y en avait sûrement eu moins sur les arbres à la belle saison qu'il n'y en avait à présent par terre.

– Faut-il toutes les ramasser ? demanda-t-il.

– Oh non ! répondit Grande Fleur. Il faut juste en ramasser autant que notre panier pourra en contenir.

Et elle montra à Petit Tang comment il fallait les ratisser.

Ils commencèrent par se débarrasser de leurs paniers et par les poser sur le sol. Puis, après avoir ratissé les feuilles mortes et en avoir fait de petits tas, ils les jetèrent dans les paniers.

Mais Petit Tang avait des problèmes avec ses feuilles. À peine les avait-il rassemblées en un petit tas que le vent, qui soufflait sans relâche, les éparpillait, et elles venaient se plaquer sur sa figure ou glisser le long de son cou. Après plusieurs essais, pourtant, il réussit enfin à en mettre quelques-unes dans son panier avant qu'elles ne s'envolent, et il se sentit très fier. Il était donc capable de ratisser des feuilles comme les autres !

Mais c'était un rude travail. Le long râteau était très lourd et difficile à manier, aussi, au bout d'un moment, Petit Tang le posa sur le sol à côté du panier et s'assit pour se reposer. Autour de lui, les feuilles mortes offraient un doux lit, et il s'étendit

sur le dos pour contempler la course des nuages dans le ciel tumultueux. Mais le ciel était si lumineux qu'il dut fermer les yeux. Et bientôt, il dormait profondément.

– Regarde Petit Tang, dit Grande Fleur. Il est déjà fatigué.

– Ne le réveille pas, fit Petite Fleur. Il a couru si vite pour nous rattraper !

Une idée lui traversa alors l'esprit. Elle ajouta quelques feuilles dans le panier peu garni de son petit frère, et, la voyant faire, Grande Fleur y déposa à son tour quelques feuilles supplémentaires. Le panier de Petit Tang ne tarda pas à être rempli et même débordant !

Après quoi, les deux sœurs continuèrent à vagabonder ici et là, ramassant des feuilles mortes pour remplir leurs propres paniers et bavardant à bâtons rompus. Et lorsqu'elles croisèrent d'autres enfants du village venus faire provision, eux aussi, de feuilles mortes, elles se joignirent à eux et oublièrent complètement leur frère.

Quand Petit Tang ouvrit les yeux, il était seul. Il commença par se demander où il était, puis où pouvaient bien être passées ses sœurs. Le village semblait bien loin. En revanche, la grand-route était toute proche. C'était même le fracas des roues de charrette et le claquement des sabots de chevaux – clop, clop, clop – qui avaient réveillé Petit Tang. Oubliant qu'il était là pour ramasser des feuilles, le petit garçon escalada tant bien que mal la pente escarpée qui menait à la grand-route.

« Cette grand-route est la plus grande route du monde », se disait Petit Tang. Elle se déroulait à l'infini, traversant prés et champs pour se changer en rue quand elle arrivait à un village, mais à peine sortie du village, elle redevenait une grand-route pour continuer encore et encore. Petit Tang savait qu'au bout, tout au bout, il y avait la grande cité. Il savait aussi qu'une foule de gens venus de la ville ou allant à la ville défilaient sans cesse sur cette route, à pied, en charrette ou en pousse-pousse. Il savait tout cela parce qu'un jour, il était allé là-bas.

Les charrettes avaient des roues si hautes qu'elles dépassaient la tête de Petit Tang et une toile de bâche bleue qui leur faisait comme un toit arrondi, avec de petites fenêtres permettant aux passagers de regarder dehors. Les conducteurs assis à l'avant, jambes ballantes, faisaient claquer leurs longs fouets garnis de glands rouges.

Petit Tang aurait bien aimé retourner à la ville. Mais il avait promis à sa mère de ne

pas se sauver, aussi se contenta-t-il de rester sur le bord de la route et de regarder tout ce qu'il y avait à voir. Il regarda les charrettes et les pousse-pousse passer ; il regarda les tireurs de pousse-pousse courir à toute vitesse malgré leurs charges parfois très lourdes. Dans l'un des pousse-pousse, il y avait un très vieil homme avec une longue barbe blanche et dans un autre, une dame élégante aux riches vêtements et aux mains couvertes de bijoux. Les tireurs de pousse-pousse portaient de courtes tuniques retenues à la taille par de larges ceintures nouées, et de longs pantalons resserrés à la cheville par une bande de tissu. Avec leurs souliers aux semelles d'épaisse feutrine, ils filaient sur la route à pas de loup.

Mais bientôt, l'attention de Petit Tang fut attirée par deux petits garçons qui couraient à côté des pousse-pousse et des charrettes en tendant la main. C'étaient des mendiants. Leurs habits étaient tout déchirés et grossièrement rapiécés.

– Donnez-nous de l'argent ! Donnez-nous un peu d'argent ! criaient-ils.

Beaucoup de voyageurs ne leur témoignaient aucun intérêt, mais Petit Tang en vit un certain nombre leur jeter quelques sous.

– J'aimerais bien être mendiant, moi aussi, se disait Petit Tang. Quand je pense à tout l'argent que je pourrais rapporter à la maison ! Nous serions bientôt riches !

À ce moment précis, il se rappela quelque chose. Lune d'Automne l'avait envoyé ratisser des feuilles mortes et les mettre en tas, mais où étaient donc les feuilles qu'il avait rassemblées ? Et si quelqu'un avait emporté son panier ?

Dans sa hâte à récupérer son panier et son râteau, Petit Tang dévala si vite le talus escarpé qui l'avait mené à la grand-route qu'il glissa et trébucha. « Quel paresseux je suis ! se disait-il tout en dégringolant la pente. Je n'ai ramassé presque aucune feuille. »

Mais quand il arriva en bas de la pente, il trouva le râteau et le panier à l'endroit exact où il les avait laissés. Et le panier était rempli de feuilles mortes ; c'est tout juste s'il ne débordait pas.

« Après tout, se dit le petit garçon, j'ai dû ratisser des masses et des masses de feuilles. »

Sur ce, il hissa la hotte sur son dos et reprit le chemin de la maison d'un pas allègre, traînant derrière lui le râteau qui ne cessait de heurter le sol : clang, clang, clang.

Quand il arriva chez lui, il fut bien étonné de ne voir autour de lui que des visages inquiets. En ne le voyant pas rentrer à la maison avec les autres, tout le monde s'était fait du souci. Grande Fleur et Petite Fleur avaient même été grondées pour la première fois de leur vie parce qu'elles avaient oublié leur petit frère. Quant à Petit Tang, qui était affreusement en retard, il ne perdait rien pour attendre : il allait être grondé, lui aussi.

Mais quand Lune d'Automne aperçut le panier débordant de feuilles que Petit Tang avait rapporté, elle eut l'air toute contente, si contente qu'elle ne pensa plus à lui donner la fessée promise.

– Oh, Petit Tang, s'écria-t-elle, tu en as ramassé, des feuilles – une vraie montagne !

Grande Fleur et Petite Fleur échangèrent un regard et ne purent s'empêcher de rire, et Petit Tang se mit à rire à son tour.

« Comme c'est amusant de ramasser des feuilles ! » songeait-il.

Cette nuit-là, il y eut dans le poêle une bonne flambée qui les garda tous bien au chaud, en dépit du vent mauvais qui soufflait au-dehors.

CHAPITRE 4

Où Petit Tang s'en va patiner et attrape un poisson

L'hiver était venu à présent. Il ne restait plus une seule feuille sur les arbres. Elles étaient toutes tombées, après quoi, on les avait ramassées à l'aide de râteaux. Chaque jour, les garçons du village allaient patiner sur l'étang qui se trouvait au nord du village. Petit Tang adorait faire des glissades, lui aussi. Si seulement Jade-Li était assez grand pour l'accompagner !

« Ça ne doit pas être très amusant d'être un bébé ! se disait-il. On ne peut pas faire de glissades ni même marcher. Pauvre petit Jade-Li ! Comme je le plains ! »

Le froid était vif à cette saison. Aussi, quand Petit Tang allait jouer dehors, portait-il toujours deux vestes supplémentaires doublées de ouatine avec de très longues manches qui ne s'arrêtaient qu'au bout des doigts, et une casquette à oreillettes. Bien au chaud dans ses vêtements superposés, il était fin prêt à patiner.

Un jour, son père lui fabriqua des patins ou plutôt un patin tout pareil à ceux que les grands garçons utilisaient. Il était fait d'un morceau de bois plat. Les enfants chinois ne se servent que d'un seul patin, car ils se donnent de l'élan avec un pied et glissent sur l'autre pied.

Petit Tang était tout content d'avoir un patin. Il avait envie de se rendre tout de suite à l'étang pour patiner. Après avoir mis tous ses habits d'hiver, sans oublier sa cas-

quette à oreillettes, il sortit au grand air, son patin neuf serré dans la main.

Il dévala l'étroite rue du village, longeant une série de portails qui donnaient sur des cours intérieures privées. Une fois arrivé devant la maison de Dragon d'Or, il fit halte.

– Dragon d'Or, Dragon d'Or ! cria-t-il. Viens patiner avec moi !

Dragon d'Or ne répondit pas. Il était probablement déjà parti pour l'étang.

Petit Tang, qui marchait aussi vite que le lui permettaient ses habits matelassés,

accéléra le pas. Il passa devant les boutiques aux devantures ouvertes ; les échoppes de choses à manger où il entrevit de bons plats chauds disposés sur des tables et l'échoppe de jouets où il aperçut toutes sortes de merveilles déployées sur le comptoir. Pourtant, malgré les odeurs de nourriture alléchantes et l'attrait magique des jouets, il ne s'arrêta pas, tant il était impatient de gagner l'étang et de se mettre à patiner.

Une fois arrivé au bout du village, il trouva devant lui un vaste pré, et dans ce pré, le fameux étang, recouvert d'une épaisse couche de glace. Petit Tang dévala le sentier qui menait à l'étang et fixa le patin à son pied droit. Dragon d'Or était déjà en train de patiner, les autres garçons aussi.

– Regarde ! s'écria Petit Tang. J'ai un patin, moi aussi !

Il s'élança alors sur la glace et fit une longue et belle glissade. Mais, parvenu au bout de sa trajectoire, il tomba – boum, badaboum ! – parce que son patin était allé plus vite que lui. Il resta assis là une minute ou deux, un peu abasourdi. Il ne s'était pas fait mal du tout, oh, non ! Il était si bien emmitouflé qu'il avait à peine senti le choc.

Il se releva bientôt et recommença à patiner, et cette fois, il ne tomba pas.

« Après tout, c'est très facile de patiner », se disait-il quand, soudain, il remarqua qu'il avait perdu son patin ! Il était derrière lui, à l'endroit exact où il était tombé. Il se hâta d'aller le ramasser mais ne le mit pas tout de suite, trouvant qu'il était plus amusant de faire des glissades sans patin.

Hélas ! quelques-uns des grands garçons de l'étang ne manquèrent pas de se montrer pour le moins brutaux.

– Écarte-toi de notre chemin ! ne cessaient-ils de crier. Tu es bien trop petit pour prendre autant de place, et on ne peut pas dire que tu patines !

Petit Tang bouillait de colère, car il détestait s'entendre dire qu'il était petit. Il remit en hâte son patin et une nouvelle fois, s'élança hardiment sur la glace. Cette fois, il glissa longtemps, longtemps, sans faire la moindre chute.

– Vous voyez ! lança-t-il aux grands garçons. Je peux patiner aussi bien que vous !

Mais une telle foule se pressait sur l'étang gelé qu'il était très difficile de se diriger, même quand on était un bon patineur. On se cognait tout le temps contre quelqu'un. Après avoir été bousculé par quatre ou cinq garçons et en avoir bousculé lui-même trois, Petit Tang décida d'aller patiner dans un endroit plus tranquille où il y aurait plus de place. Il songea immédiatement à la Grande Rivière.

Ôtant son patin, il partit donc à pied à travers champs en direction du fleuve.

Le fleuve était recouvert d'une couche de glace aussi épaisse que celle de l'étang. On n'y voyait plus passer de bateaux mais seulement des traîneaux qui semblaient voler au ras de la glace. Ils restaient bien au milieu de la Grande Rivière, laissant libres le long des berges deux larges bandes où une ou deux personnes patinaient déjà.

Petit Tang dégringola le talus tant bien que mal et fixa une nouvelle fois le patin à son pied droit. Il s'élança, et le vent le poussa en avant avec tant de force qu'il ne pouvait plus s'arrêter.

– Attention ! entendit-il quelqu'un crier. Ne tombe pas dans le trou !

Juste devant lui, il y avait un trou carré découpé dans la glace et, à côté, un homme accroupi en train de pêcher. Petit Tang parvint à stopper et à s'asseoir sur la glace in extremis.

– Si tu étais tombé dedans, dit l'homme en riant, je t'aurais attrapé en guise de poisson.

– Est-ce que je peux vous regarder pêcher ? se contenta-t-il de répondre.

– Oui, tu peux, à condition de ne pas t'approcher trop près, répliqua le pêcheur.

Le pêcheur était très vieux. Il avait une barbe grise et un visage tout ridé empreint d'une grande bonté. Il portait une chaude veste doublée de peau de mouton et des bottes de paille qui isolaient ses pieds du froid.

Il pêchait à l'aide d'une longue perche terminée par une pique ; et tout en pêchant, il expliqua à Petit Tang comment il avait découpé le trou et à quelle profondeur sous la glace il fallait descendre pour attraper les poissons qui gisaient dans la vase au fond du fleuve. Il pêchait tout au long de l'année, ajouta-t-il, mais pêcher en hiver était beaucoup plus difficile qu'en toute autre saison. C'était un rude travail de découper des trous dans la glace, et ça donnait bougrement froid de pêcher par un temps pareil.

Petit Tang était tellement passionné par la pêche qu'il ne pensait plus du tout à sa partie de patinage. Peu lui importait de rester là assis sans bouger, même s'il sentait ses pieds devenir peu à peu aussi froids que la glace. Il fut presque aussi content que le vieux pêcheur quand il finit par attraper un petit poisson qu'il déposa en toute sécurité au fond d'un panier.

« Comme j'aimerais attraper un poisson, moi aussi ! » se disait Petit Tang.

Et tout à coup, il pensa à Jade-Li qui était trop petit pour aller jouer dehors.

– S'il vous plaît, demanda-t-il au pêcheur, est-ce que vous voulez bien me laisser attraper un poisson ? Je voudrais en attraper juste un et le rapporter à la maison pour mon petit frère.

Le vieil homme était de bonne humeur, car il en avait déjà attrapé douze. Aussi répondit-il :

– Bon, très bien, essaye. Tiens la perche comme ça, et enfonce-la dans le trou jusqu'à ce qu'elle touche la vase. Si elle heurte quelque chose qui ressemble à un poisson, remonte-la à toute vitesse.

Petit Tang suivit exactement les conseils qu'on lui avait donnés. Il enfonça bien la perche dans le trou, mais elle avait à peine touché la vase qu'elle sembla y adhérer. Il n'y avait pas moyen de la remonter !

– Je vais t'aider, mon garçon, dit le pêcheur en empoignant la perche à son tour.

Ensemble, ils la remontèrent, et… devinez un peu ce qu'il y avait au bout de la pointe de fer ? Un beau poisson ! De toute sa vie, Petit Tang ne s'était senti dans un tel état d'excitation.

– Tu es un très bon pêcheur, fit le vieil homme en décrochant le poisson de l'hameçon improvisé pour le mettre dans un petit panier en surplus qu'il avait.

Après avoir remercié le pêcheur, Petit Tang prit le panier et s'en fut. Tandis qu'il descendait avec prudence la pente escarpée

et traversait en courant le champ qui le séparait du village, il tenait bien serré son précieux fardeau. Mais son patin neuf, qu'il avait complètement oublié, était resté sur la Grande Rivière, près du trou.

Petit Tang se hâtait, vite, vite, si vite que lorsqu'il atteignit enfin sa maison, il n'avait plus froid du tout. Sa course l'avait bien réchauffé.

Il trouva toute sa famille réunie à l'intérieur de la maison, et sur le fourneau, cuisait quelque chose qui avait l'air très bon.

– C'est l'heure de souper, Petit Tang ! annonça Lune d'Automne. Est-ce que tu t'es bien amusé ?

– Oh, oui ! s'écria joyeusement Petit Tang.

Et il tendit à sa mère le panier qu'il tenait des deux mains. Tout le monde fut bien étonné de voir le poisson.

– Quelqu'un te l'a-t-il donné ? demanda Lune d'Automne.

– Non, répondit Petit Tang. Je l'ai attrapé moi-même, mais un vieux pêcheur m'a aidé. C'est pour Jade-Li.

– Jade-Li est encore trop petit pour manger du poisson, expliqua la mère en riant. Tu ferais mieux de le manger toi-même. Je vais le faire cuire pour ton souper.

Ce soir-là, le souper fut particulièrement délicieux. En plus des nouilles aux germes de soja et du thé, on servit un poisson brun croustillant, le poisson que Petit Tang avait attrapé pour Jade-Li.

Petit Tang en mangea un peu, Grande Fleur et Petite Fleur aussi, et il en resta même pour le père et la mère. Quant à Jade-Li, il gigotait sur le grand lit et ne semblait pas du tout contrarié à l'idée d'être trop petit pour en manger.

CHAPITRE 5

Où Petit Tang tombe d'un traîneau

Petit Tang adorait se tenir sur la berge et rester là à contempler le fleuve. Il était toujours différent, et il s'y passait toujours quelque chose. Pendant toute la belle saison, du printemps à l'automne, des bateaux sillonnaient la Grande Rivière en amont et en aval. Il y en avait des grands et des petits, il y avait des barques de pêche et des péniches, des bateaux à voiles et des canots à rames, bref, toutes les variétés possibles et imaginables.

Mais en hiver, quand la glace était prise, les traîneaux remplaçaient les bateaux.

Petit Tang était déjà monté sur un bateau, mais il n'avait jamais voyagé en traîneau. Ah, si seulement il pouvait faire un tour dessus, ne serait-ce qu'une fois ! Ils allaient si vite, ils volaient presque !

Or, un beau jour, le père annonça qu'il devait aller en ville pour affaires. Il aurait pu gagner la grande cité en charrette, en pousse-pousse ou même à pied, malgré la longueur du trajet. Mais il décida que le meilleur moyen de s'y rendre était de descendre le fleuve en traîneau.

Quand ils entendirent leur père dire qu'il partait en traîneau à la ville, Grande Fleur, Petite Fleur et Petit Tang l'écoutèrent de toutes leurs oreilles.

Ils n'osèrent pas lui demander de les emmener, mais ils avaient tous les trois la mine un peu déconfite.

– Je n'ai jamais voyagé en traîneau, fit Petit Tang.

– Nous ne sommes encore jamais allées à la ville, dirent Grande Fleur et Petite Fleur.

– Si vous me promettez tous les trois d'être sages, je veux bien vous emmener avec moi, répondit le père, qui était d'un naturel accommodant.

Bien entendu, Grande Fleur, Petite Fleur et Petit Tang promirent tous les trois. De toute façon, ils étaient si enchantés à l'idée de faire une promenade en traîneau sur la Grande Rivière qu'ils savaient que ce ne serait pas bien difficile d'être sages.

– Est-ce que Jade-Li peut venir, lui aussi ? demandèrent-ils.

– Non, non, répondit la mère, il est trop petit et il risquerait d'attraper froid. Il vaut mieux qu'il reste à la maison avec moi ; il me tiendra compagnie.

C'était une belle journée pour se rendre à la ville. Il faisait très froid mais il n'y avait pas un souffle de vent, et le soleil brillait. Après avoir enfilé leurs vêtements les plus chauds, les enfants suivirent leur père. Lune d'Automne, debout sur le pas de la porte avec Jade-Li dans les bras, les regarda traverser le grand pré en direction du fleuve.

La Grande Rivière semblait d'un noir étincelant entre ses berges couleur de poussière. Près du bord, on apercevait deux pêcheurs et quelques personnes en train de patiner, mais le milieu du fleuve était réservé aux traîneaux. Il y en avait une file entière. Ils étaient tout plats, très bas sur l'eau, avec de longs patins qui dépassaient à l'arrière. Des hommes debout sur ces patins tenaient à la main de longues perches munies d'une pointe métallique à leur extrémité pour bien mordre la glace. Ils les poussaient entre leurs jambes, permettant ainsi aux traîneaux de filer à la surface du fleuve gelé. Les lames aiguisées des patins et les pointes de fer laissaient derrière eux un long sillage d'éclats de glace.

Quelques-uns des traîneaux transportaient des passagers, parfois des familles entières avec quantité de ballots et de baluchons à leurs côtés comme s'ils partaient pour une véritable expédition. D'autres étaient chargés de légumes, de rouleaux de nattes ou de mystérieuses marchandises à vendre. D'autres encore étaient libres, et bientôt, Petit Tang entendit son père héler un homme qui pilotait l'un de ces traîneaux :

– Hé ! lança-t-il.

Aussitôt, le traîneau vide vira de bord pour s'arrêter net tout contre la berge.

– Nous voudrions aller à la ville, dit le père.

Un moment plus tard, le temps de débattre le prix de la course avec le conducteur de traîneau et de régler tous les détails, toute la famille prenait place sur le traîneau. Le père et les deux sœurs s'assirent en tailleur sur la natte de paille étendue pardessus, tandis que Petit Tang s'installait

tout à l'avant, les jambes à demi hors du traîneau. Et bientôt, ils descendaient à toute allure la Grande Rivière.

Petit Tang resta assis sans bouger pendant longtemps. Il regardait tous les autres traîneaux. Il regardait ceux qu'ils dépassaient et ceux qui les dépassaient. On aurait dit une course. Il regardait également les traîneaux qui filaient dans la direction opposée, se demandant si en continuant loin, très loin dans cette direction, ils allaient trouver, eux aussi, une grande ville.

« Que j'aime aller dans les grandes villes ! » songeait Petit Tang.

Ils longeaient à intervalles réguliers des villages bâtis tout au bord du fleuve. Au début, ils étaient assez isolés, mais plus leur traîneau se rapprochait de la cité, plus ils étaient serrés les uns contre les autres. Vers la fin du voyage, ils semblaient former un seul et unique village, un long village qui n'avait pas de fin. Des enfants sortaient en courant de leurs petites maisons couleur de poussière pour voir passer les traîneaux, et Grande Fleur, Petite Fleur et Petit Tang leur adressaient de grands signes d'amitié.

Il y avait de plus en plus de traîneaux sur le fleuve, et au milieu de cette cohue, ce n'était pas chose facile pour un traîneau que d'en dépasser un autre. Petit Tang se demanda d'où ils pouvaient tous bien venir : ils étaient apparus si soudainement ! L'enfant était exalté par le spectacle et par les scènes animées qui se déroulaient sur les deux berges au point qu'il se leva pour mieux voir.

– Assieds-toi, ordonna le père. À la moindre inattention, tu risques de tomber.

Mais Petit Tang était bien trop absorbé dans sa contemplation pour entendre les conseils de son père, et il resta debout. Bientôt, il aperçut les murailles de la cité qu'il guettait depuis un moment.

– Regarde, Petite Fleur ! Regarde, Grande Fleur ! cria-t-il.

– Attention ! s'écrièrent en même temps les deux sœurs.

À cet instant précis, leur traîneau heurta violemment un autre traîneau, juste devant eux. Ce fut un terrible choc, et Petit Tang dégringola sur la glace !

Ce fut alors un tumulte de voix. Les deux conducteurs de traîneau se hélaient à grands cris, s'accusant mutuellement d'être responsable de la collision.

– C'est ta faute ! disait l'un.

– Non, c'est la tienne ! disait l'autre.

– Arrêtez, arrêtez ! criaient Grande Fleur, Petite Fleur et leur père.

Les passagers des autres traîneaux ne tardèrent pas à s'en mêler.

– À qui la faute ? lança le premier.

– C'est la faute de cet homme, répondit le deuxième.

– Non, rétorqua un troisième, le responsable, ce n'est pas lui, c'est l'autre.

Et pendant qu'ils étaient tous là à se chamailler, Petit Tang gisait sur la glace.

Il avait une grosse bosse sur le front, et il se sentait tout étourdi et abasourdi. À dire vrai, il ne comprenait pas très bien ce qui lui était arrivé. Puis, au bout d'un petit moment, il vit autour de lui des traîneaux, des traîneaux et encore des traîneaux, et il se dit qu'il n'allait pas tarder à se faire écraser. Il aurait voulu s'enfuir – mais où ? Il n'en avait pas la moindre idée. En outre, il avait si froid et il s'était fait si mal en tombant que, s'il avait essayé, il aurait eu toutes les peines du monde à avancer. Il resta donc

assis là à attendre la suite des événements. Mais les traîneaux ne l'écrasèrent pas ; au contraire, ils traçaient de grands cercles autour de lui de peur de le blesser.

Son père ne fut pas long à tendre le bras pour l'aider à se relever, mais ce bref moment parut être une éternité à Petit Tang. Ah, quelle joie pour lui de se retrouver sain et sauf sur le traîneau, aux côtés de Grande Fleur et de Petite Fleur !

– Ta bosse te fait-elle très mal ? demanda Petite Fleur.

– Est-ce que tu as eu très peur ? demanda Grande Fleur.

Petit Tang secoua la tête.

– Je n'ai pas pleuré, déclara-t-il.

Était-ce pour cette raison, ou avait-il déjà reçu suffisamment de corrections, quoi qu'il en soit, le père ne gronda pas Petit Tang pour avoir désobéi et être resté debout sur le traîneau malgré ses avertissements. Et une fois en ville, il lui acheta même une charrette miniature avec des roues jaunes toutes rondes qui jouaient un petit air quand

elles tournaient. Inutile de dire qu'avec ça, la grosse bosse que Petit Tang avait sur la tête ne mit pas très longtemps à guérir ! En tout cas, il ne la sentait presque plus.

Le père n'en oublia pas pour autant Grande Fleur et Petite Fleur. Il leur acheta à chacune un présent, car elles étaient aussi sages que charmantes.

CHAPITRE 6

Où un certain tigre fait une apparition remarquée

Le jouet préféré de Jade-Li était le tigre de tissu que Dragon d'Or lui avait offert quand il avait eu un mois. Il plaisait aussi beaucoup à Petit Tang qui jouait parfois avec, quand son frère s'amusait avec autre chose. Il avait la taille d'un chaton, et il était rayé orange et noir, avec une figure très aimable : on aurait même dit qu'il souriait.

Comme Petit Tang n'avait jamais vu de véritable tigre, il s'imaginait qu'ils ressemblaient tous à celui-là. Il confia donc à Petite Fleur qu'il aimait beaucoup les tigres.

Quand le temps de la Nouvelle Année approcha, on entreprit toutes sortes de préparatifs dans la maison. En Chine, les fêtes du Nouvel An sont le moment le plus joyeux de l'année. Chacun reçoit des vêtements neufs et surtout de bonnes choses à manger. Et pendant deux semaines, tout le monde est en vacances.

Petit Tang attendait impatiemment l'arrivée des fêtes du Nouvel An. Il y aurait alors tant de choses à voir et tant de choses à faire ! Il y aurait des pétards à tirer et des feux d'artifice à regarder ; peut-être même y aurait-il un prestidigitateur ou un acrobate.

Tandis que sa mère et ses sœurs confectionnaient des gâteaux fantaisie et faisaient cuire des boulettes de viande et d'autres mets appétissants en l'honneur de la Nouvelle Année, Petit Tang, lui, faisait les commissions ou s'occupait du bébé. Il était très sage et ne faisait aucune bêtise, car il espérait recevoir à l'occasion du Nouvel An, outre des habits neufs, quelques nouveaux jouets.

Un jour que Petit Tang jouait avec le tigre de tissu, tandis que ses sœurs étaient occupées à coudre et que Jade-Li dormait, il entendit Petite Fleur annoncer :

– Il va bientôt y avoir un autre tigre à la maison.

Petit Tang dressa l'oreille.

– Quoi ? s'écria-t-il. Un autre tigre ? Est-ce qu'il sera pareil à celui-ci ?

– Oh, non ! répondit Petite Fleur avec un sourire. Ce sera un tigre très différent, d'une tout autre sorte. Mais maintenant, va jouer dehors, Petit Tang. Nous avons beaucoup à faire, Grande Fleur et moi.

Petit Tang obéit donc et partit à la recherche de Dragon d'Or. Il voulait lui parler du nouveau tigre qui allait bientôt arriver à la maison.

Il trouva bientôt Dragon d'Or qui arpentait d'un air important la grand-rue du village. Il tenait dans les bras une énorme bouilloire, presque aussi grosse que lui.

– Je viens de l'emprunter pour ma mère, expliqua-t-il. Elle est en train de cuisiner pour les fêtes du Nouvel An.

– Nous allons avoir un tigre à la maison pour la Nouvelle Année, dit Petit Tang tout en cheminant au côté de son ami.

Dragon d'Or faillit en lâcher sa bouilloire.

– Un tigre ! s'exclama-t-il, abasourdi. Un tigre vivant ou bien un jouet ?

– Un tigre vivant, répondit Petit Tang.

– Est-ce qu'il mordra ? demanda Dragon d'Or.

– Non, répliqua Petit Tang, sauf si on le maltraite.

Entre-temps, Dragon d'Or était sorti de son état de stupéfaction.

– Je ne te crois pas, déclara-t-il. Vous

ne pouvez pas avoir un véritable tigre en chair et en os. Il n'y en a pas du tout dans les parages.

Petit Tang ne savait pas grand-chose à propos des tigres, et il n'en savait sûrement pas beaucoup plus à propos du nouveau tigre de la maison. Mais il ne voulait à aucun prix que Dragon d'Or s'en rende compte. Il hocha donc gravement la tête et répondit :

– Attends un peu, et tu verras.

Petit Tang n'avait plus que les tigres en tête. Jusqu'au début des fêtes de la Nouvelle Année, il fut incapable de penser à autre chose. Il se demandait, par exemple, si le nouveau tigre aurait une figure souriante comme le tigre de tissu de Jade-Li ou bien s'il mordrait pour de vrai.

Chaque fois qu'il posait une question ou une autre à Petite Fleur ou à Grande Fleur, elles se contentaient de rire ou de prendre un air mystérieux, et chaque fois qu'il interrogeait ses parents, ils se bornaient à rire, eux aussi. Bref, tout le monde riait, sauf Jade-Li.

– On va avoir un vrai tigre, un tigre vivant, lui disait Petit Tang.

Et le bébé ouvrait tout grand les yeux et promenait son regard à la ronde dans la pièce, comme s'il comprenait les paroles de son frère et s'attendait à voir apparaître un tigre sur-le-champ.

Le Nouvel An arriva enfin, et avec lui, les vacances. Petit Tang pouvait dire à quel moment exactement elles commençaient à cause des pétards. Clac, clac, clac ! Clac, clac, clac ! Dès qu'il ouvrit les yeux, ce matin-là, très tôt, il les entendit claquer.

Fou d'excitation, il bondit aussitôt à bas du lit et enfila les nouveaux habits que Lune d'Automne avait préparés pour lui : une très jolie veste verte, un pantalon violet et des souliers noirs. Avant même que les autres soient debout, il était déjà sorti de la maison.

Il s'élança dans la rue et ne s'arrêta de

courir qu'une fois arrivé à l'endroit où l'on tirait les pétards. Une foule de garçons était déjà rassemblée là, formant un cercle étroit autour de l'homme qui lançait les pétards.

Petit Tang se fraya un chemin au milieu de la cohue et se mêla aux badauds. Il se disait que le spectacle des pétards aux couleurs vives était le plus beau du monde et le bruit sec qu'ils faisaient – clac, clac, clac – le plus réjouissant du monde.

Mais avant même qu'il ait pu demander à l'homme la permission d'en allumer un lui-même, il sentit quelqu'un le tirer par le bras. C'était Dragon d'Or.

– Viens avec moi, dit Dragon d'Or. Il y a un prestidigitateur et un jongleur dans la rue d'à côté, et je t'assure que c'est bien plus amusant à regarder que des pétards ! Viens donc voir ça, Petit Tang !

C'est ainsi que Petit Tang suivit son ami Dragon d'Or qui se hâtait déjà vers la rue voisine. La foule y était encore plus dense. Entre-temps, d'autres gens s'étaient levés, et il y avait maintenant beaucoup plus de monde dehors. La moitié des habitants du village ou presque semblaient s'être retrouvés là pour admirer les tours du prestidigitateur et du jongleur.

Le prestidigitateur était un homme de haute taille au visage intelligent. Il portait une longue robe bleue par-dessus ses autres vêtements. Le jongleur avait un air très malin, lui aussi. Il était habillé légèrement (juste un pantalon et une tunique) de manière à ne pas être gêné dans ses mouvements.

Quand Dragon d'Or et Petit Tang arrivèrent, c'était au tour du jongleur d'exécuter

son numéro. Il consistait à faire tourner des assiettes à l'extrémité de deux longs bâtons.

Au creux de chacune de ses paumes, l'homme tenait en équilibre un bâton au sommet duquel tournoyait une assiette, tandis qu'une troisième assiette tournait dans les airs. Avant qu'elle ne tombe à terre, le jongleur la rattrapait au vol au bout de l'un de ses bâtons, laissant tournoyer dans les airs celle qui en avait coiffé jusque-là l'extrémité. C'était magique : aucune des trois assiettes ne tombait jamais par terre. À la fin, le jongleur rattrapa au bout d'un seul bâton les trois assiettes qui cessèrent de tourner et tournoyer. C'était maintenant au prestidigitateur de faire son numéro, et il y eut de la bousculade, car chacun tentait de s'approcher un peu plus près.

Le prestidigitateur commença par étaler un grand morceau d'étoffe sur le sol. Après quoi, il y disposa six petits bols à l'envers. Ensuite, il les souleva tour à tour pour que tout le monde puisse voir à l'intérieur et constater qu'ils étaient vides. Enfin, à l'aide d'un petit bâton, il frappa l'un d'eux sur le côté.

– Long-dong, long-dong, chi-ba long-dong, marmonna-t-il.

Et il souleva le bol. Jamais Petit Tang n'aurait deviné ce qu'il y avait dessous. C'était une baie rouge toute ronde ! Elle n'y était certainement pas quelques minutes plus tôt.

Une fois que tout le monde eut examiné la baie et vérifié qu'elle était bien réelle, le prestidigitateur la recouvrit du même bol. Puis, après avoir à nouveau marmonné sa formule magique, il souleva non pas ce bol-là mais un autre. Et qu'y avait-il sous ce bol ? Eh bien, la même baie rouge !

Petit Tang et Dragon d'Or observaient la

scène, bouche bée, les yeux écarquillés. « Pour sûr, se disaient-ils, c'est là un grand prestidigitateur ! »

– Encore un tour ! se mirent-ils à crier. S'il vous plaît, encore un tour !

Le prestidigitateur retroussa donc ses manches et réfléchit à de nouveaux tours.

Il se tenait dans sa longue robe au milieu de la foule, et les gens qui l'entouraient pouvaient le voir de tous les côtés à la fois, de sorte que rien ne leur échappait.

– Long-dong, long-dong, chi-ba long-dong, se remit à marmonner le prestidigitateur.

Il tira alors de dessous sa robe un énorme bocal de poissons rouges rempli d'eau à ras bord. On avait l'impression que ce n'était pas un vrai bocal de poissons rouges, puisqu'il semblait surgi de nulle part. Et pourtant, l'eau qui giclait et jaillissait du bocal, éclaboussant la rue, était bien réelle, et les poissons qui nageaient en rond dans le bocal, tout aussi réels !

« Aïe-ah ! songeaient Dragon d'Or et Petit Tang. C'est bien plus amusant que les pétards ! »

Pendant longtemps, très longtemps, ils restèrent là à regarder le prestidigitateur. Ils le regardèrent prendre un éventail de papier parfaitement intact et l'agiter en l'air avec un grand frou-frou : et voilà qu'il était en lambeaux ! Ils regardèrent alors le magicien agiter à nouveau l'éventail dans les airs : et voilà qu'il était redevenu comme neuf !

Les deux amis admirèrent les tours du prestidigitateur et du jongleur pendant si longtemps qu'ils finirent par éprouver un léger malaise.

– Je n'ai encore rien eu à manger, déclara Dragon d'Or.

– Moi non plus, dit Petit Tang. J'ai complètement oublié de prendre mon petit-déjeuner.

Ils se mirent aussitôt en route tous les deux en direction de leurs maisons respectives.

Dragon d'Or arriva chez lui le premier, et Petit Tang poursuivit son chemin seul. Il marchait lentement, songeant à toutes les choses magiques qu'il venait de voir quand, tout à coup, une pensée lui traversa l'esprit.

Le tigre ! Comment avait-il pu l'oublier ? Peut-être était-il là maintenant. Une telle fièvre s'empara de lui à cette seule idée qu'il se mit à courir, mais une fois près de sa maison, il s'arrêta. « Et si le tigre mordait pour de vrai ? » ne pouvait-il s'empêcher de se demander.

« De toute façon, décida-t-il, je n'ai pas peur des tigres. »

Il tourna donc à l'angle de la rue. De là, il apercevait déjà le portail de sa maison. Plus il s'en rapprochait, plus il était intrigué, et quand il arriva juste à côté, il rit tout haut, tout fort.

– C'est notre tigre ? lança-t-il.

Sur le seuil de la porte était assise Petite Fleur, revêtue de ses plus beaux habits, ses habits neufs du Nouvel An : une veste rouge et, dans les cheveux, une fleur rose ; et sur ses genoux, il y avait Jade-Li qui étrennait, lui aussi, ses habits neufs.

Il portait une veste orange et noir, rayée comme le pelage d'un tigre, et un bonnet surmonté de deux petites oreilles en fourrure qui lui faisait une tête de tigre. Ses chaussons eux-mêmes, ornés d'yeux en verre couleur d'émeraude, ressemblaient à deux têtes de tigre miniatures.

Ah, comme Petit Tang riait ! Et comme Petite Fleur riait, elle aussi !

– Il est vivant, commenta Petit Tang.

– Mais il ne mord pas, précisa Petite Fleur.

Jade-Li, quant à lui, ne disait rien, mais il avait l'air enchanté et même fier de ses beaux habits neufs !

– Je pense que notre tigre est très réussi, conclut Petit Tang.

Et il caressa d'un air admiratif les petites oreilles de fourrure du bonnet de Jade-Li.

Où Petit Tang emmène son oiseau en promenade

Pendant toute la durée des fêtes de la Nouvelle Année, il y avait des réjouissances de toutes sortes chaque jour et des feux d'artifice chaque nuit. Les vacances s'étendaient sur deux longues semaines, mais en réalité, ces semaines donnaient l'impression de passer à toute vitesse, et quand elles étaient finies, la glace avait déjà fondu sur le fleuve comme sur l'étang, et c'était presque le printemps.

Les jours de grand vent, les enfants du village faisaient voler les cerfs-volants qu'on leur avait donnés en l'honneur du Nouvel An, mais quand il n'y avait pas de vent, ils ne savaient pas trop à quoi jouer.

Par un de ces jours sans vent, Petit Tang errait dans la rue en se demandant ce qu'il allait bien pouvoir faire quand, soudain, il se rappela que, dans la poche intérieure de sa veste, se trouvaient six sous. Il les avait reçus en cadeau à l'occasion de la Nouvelle Année, mais il avait été si occupé qu'il n'avait même pas songé à les dépenser. Il décida donc d'aller acheter quelque chose sans tarder.

Mais tandis qu'il se dirigeait vers la rue des boutiques et des échoppes, il rencontra un homme portant une cage à oiseau. Dans la cage, il y avait un oiseau qui sautillait sur son perchoir d'un air tout joyeux. Il agita la tête dans la direction de Petit Tang et le regarda de ses yeux brillants.

Petit Tang partit en trottinant au côté de l'homme à la cage.

– Aimes-tu les oiseaux, toi aussi ? demanda celui-ci.

– Oui, répondit Petit Tang. J'en ai un à la maison.

– J'emmène mon oiseau en promenade, expliqua l'homme. Il aime beaucoup faire un tour de temps à autre, ça lui permet de jeter un coup d'œil à tout ce qui l'entoure.

Sur ce, Petit Tang salua l'homme et fila en direction de sa maison. Une soudaine idée venait de lui traverser l'esprit : il allait, lui aussi, emmener son oiseau en promenade !

Cet oiseau – un canari – vivait chez Petit Tang dans une cage suspendue près de la porte d'entrée. Un jour, notre brigand avait ouvert la porte de la cage et laissé le canari s'envoler dans les airs comme les autres

oiseaux qui avaient, eux, la chance d'être libres. Il avait fini par revenir longtemps, très longtemps après, mais Petit Tang s'était fait gronder et avait reçu l'ordre de ne plus jamais ouvrir la porte de la cage. Toutefois, il plaignait souvent le canari de tout son cœur. Il savait bien que s'il était enfermé dans une cage comme lui, il aurait envie d'aller voir de temps en temps le vaste monde.

Il se disait donc que ce serait une excellente idée d'emmener le malheureux prisonnier en promenade. Et ce serait presque aussi amusant pour lui que de s'envoler.

Quand il arriva chez lui, il trouva la maisonnée vide. Il n'y avait personne sinon l'oiseau, qui avait l'air de se sentir un peu seul. Petit Tang grimpa sur un banc pour décrocher la cage.

– Aimerais-tu aller faire un tour ? demanda-t-il.

– Tirlitt, tirlitt ! répondit le canari en battant des ailes.

Très prudemment, très précautionneusement, Petit Tang descendit donc du banc avec la cage entre les mains avant d'emporter celle-ci dans la cour ensoleillée.

– Tu vois, expliqua-t-il à l'oiseau, je vais t'emmener faire une longue promenade, bien au-delà du portail. Tu vas visiter tout le village !

– Tirlitt ! répliqua le canari en sautillant en tous sens.

Alors Petit Tang s'en alla. Il franchit le portail et descendit la rue en balançant doucement la cage de côté et d'autre.

Quelques-uns de ses camarades, Dragon d'Or, son frère Didi, et deux ou trois autres, jouaient à chat dans la rue. Ils interrompirent leur jeu en voyant Petit Tang approcher avec sa cage à oiseau.

– Qu'est-ce que tu fais avec ta cage ? lancèrent-ils.

– J'emmène mon canari faire un tour ! répondit le garçon.

Aussitôt ses amis s'attroupèrent autour de lui pour regarder l'oiseau.

– Laisse-moi tenir un peu la cage, implora l'un.

– Non, non, c'est moi ! s'écria l'autre.

– Bon, déclara Petit Tang. Vous pouvez tenir la cage à tour de rôle. Mais quand je voudrai la reprendre, il faudra me la rendre tout de suite.

Les enfants acceptèrent la proposition de Petit Tang, et purent donc, chacun à leur tour, tenir la cage à oiseau. Le canari passait un joyeux moment.

Mais voilà que tout à coup, de l'autre extrémité de la rue, un cri monta.

– Tang-hulurs ! Tang-hulurs ! lançait une voix.

Petit Tang en oublia de surveiller de près le canari au moment où il passait de main en main. Il pensait aux six sous qu'il n'avait pas encore dépensés. Il savait à présent ce qu'il voulait en faire. Les tang-hulurs étaient ses friandises préférées.

Le marchand n'était pas encore visible, mais Petit Tang n'avait pas besoin d'avoir sous les yeux le plateau de tang-hulurs pour savoir à quoi ils ressemblaient. C'étaient des brochettes de fruits rouges enrobés de sirop de sucre. Il en connaissait même exactement le goût : ils étaient à la fois acides et sucrés, croquants et tout collants. Il palpa la poche intérieure de sa veste : les six pièces de monnaie étaient bien là, percées d'un trou au milieu et soigneusement enfilées sur un cordon noué. Alors, apercevant enfin le marchand tout au bout de la rue, il se précipita à sa rencontre.

– Tang-hulurs, tang-hulurs ! continuait à crier le marchand.

Un grand plateau de tang-hulurs, suspendu à son cou, se balançait devant lui, et dans une main, il en brandissait tout un bouquet. On aurait dit un éventail.

– C'est combien ? demanda Petit Tang.

– Deux sous le bâton, répondit l'homme.

Petit Tang fit un gros effort de réflexion. Deux sous pour un bâton, quatre sous pour deux, six sous pour trois… Il possédait six sous, il pouvait donc acheter trois tang-hulurs ! Le premier pour Grande Fleur, le deuxième pour Petite Fleur, et le dernier pour lui – pardi ! Quant à Jade-Li, il était bien trop petit pour manger des tang-hulurs.

– Trois tang-hulurs, dit-il au marchand qui lui tendit trois délicieuses brochettes de fruits rouges en échange de ses six sous.

Il prit alors le chemin de sa maison dans l'espoir que ses sœurs étaient rentrées, et,

tout en marchant, commença à grignoter le tang-hulur qu'il s'était réservé.

Il n'était pas encore arrivé quand il vit ses camarades se précipiter sur lui et l'entourer à nouveau.

– Petit Tang, disaient-ils tous à la fois, qu'as-tu fait de ton oiseau ?

– Mon oiseau ? demanda l'enfant, abasourdi.

Il avait complètement oublié son pauvre canari !

– Eh bien, c'est vous qui l'aviez ! s'écria-t-il. Où est-il donc passé ?

Personne ne semblait le savoir. Chacun affirmait que ce n'était pas lui mais un autre qui avait tenu en dernier la cage à oiseau. Ils n'en proposèrent pas moins à Petit Tang de l'aider à trouver son canari.

– Ne t'inquiète pas, disaient-ils, on va tous le chercher avec toi.

Petit Tang était si bouleversé qu'il ne savait que faire. Il ne ressentait plus du tout la faim à présent. Où son malheureux oiseau pouvait-il bien être ? Et si quelqu'un l'avait volé ? Et si ce quelqu'un était décidé à ne jamais le rendre à son propriétaire ?

– Je donnerai un tang-hulur tout entier au premier qui le trouvera, déclara-t-il.

Aussitôt, les enfants s'égaillèrent à travers tout le village, à la recherche du canari. Ils regardèrent en haut et en bas, à l'intérieur des maisons et dans les cours, à l'intérieur des échoppes et le long des rues. En vain. Il n'y avait pas la moindre trace d'oiseau ni même de cage.

« Oh là la ! Oh, mon Dieu ! songeait Petit Tang. Que vais-je faire ? »

Il avait quasiment renoncé à tout espoir de revoir un jour son canari et s'en retournait chez lui d'un pas traînant quand il vit Dragon d'Or accourir à sa rencontre.

– Il est à la maison, criait-il. Mon petit frère l'a emmené là-bas. Il n'a pas réfléchi.

Petit Tang ne se le fit pas dire deux fois. Il fila chez Dragon d'Or aussi vite que le lui permettaient ses petites jambes. Et là-bas, en effet, il vit Didi qui tenait fermement la cage à deux mains et, dans la cage, le petit oiseau jaune qui avait l'air tout content.

Petit Tang n'oublia pas sa promesse. Il donna l'un de ses tang-hulurs à Dragon d'Or parce qu'il avait retrouvé son oiseau. Mais il en donna aussi un à Didi parce qu'il s'était mis à pleurer quand il lui avait enlevé la cage. C'est pourquoi, une fois rentré à la maison, il vit qu'il ne lui restait plus qu'un seul tang-hulur, déjà bien entamé !

Il le partagea avec Grande Fleur et Petite Fleur qui, entre-temps, étaient rentrées à la maison et se demandaient ce que le canari était devenu. Ils étaient tous les trois si heureux d'avoir retrouvé leur oiseau que cela leur était égal de ne pas avoir chacun une brochette entière de fruits rouges. Après tout, le canari était bien plus précieux qu'un plateau entier de tang-hulurs.

CHAPITRE 8

Où Dragon d'Or veut ressembler à un homme

Jade-Li grandissait. On lui avait rasé la tête à l'exception d'une petite touffe de cheveux au sommet du crâne toute pareille à celle de Petit Tang, et ce toupet était tressé en une minuscule natte dressée en l'air toute pareille à celle de Petit Tang. Les deux frères se ressemblaient beaucoup. Dragon d'Or, lui aussi, avait la tête rasée, mais il semblait différent, car on lui avait laissé trois touffes de cheveux, une au-dessus du front et une au-dessus de chaque oreille, et il avait donc trois petites nattes. Sa mère trouvait cette coiffure très jolie, mais Dragon d'Or n'était pas tout à fait de cet avis.

« J'aimerais tant avoir une seule tresse comme Petit Tang ! soupirait-il parfois. Je crois que je préférerais même avoir zéro natte comme les hommes ! »

Un jour, Petit Tang jouait dehors avec quelques-uns de ses camarades. Ils s'amusaient dans la rue, parce que les cours des maisons n'étaient pas bien grandes et qu'en outre c'était un endroit très sûr pour jouer. Il était bien rare qu'une charrette ou un pousse-pousse s'aventure à l'intérieur du village. De temps à autre, il passait un marchand ou un rétameur ambulant, et quelquefois, on voyait un cochon errant ou quelques poulets débarquer. Mais le plus souvent, les rues étaient d'une parfaite tranquillité que rien ni personne ne venait troubler sinon les enfants.

Un petit garçon jouait au diabolo. Il tenait à la main deux baguettes reliées par une ficelle et faisait tourner à toute vitesse sur la ficelle le diabolo, sorte de grande bobine en bois formée de deux cônes, jusqu'à ce qu'il émette un bourdonnement. Petit Tang observait l'enfant avec attention. Il le regarda faire tournoyer le diabolo et le lancer en l'air avant de le rattraper. « Quel joli jeu ! » pensait-il.

Un autre garçon jouait au volant. Son volant improvisé était fait de trois plumes de coq lestées par deux pièces de monnaie enveloppées de tissu. D'un coup de pied, le garçon l'expédiait en hauteur et, avant qu'il ait eu le temps de tomber sur le sol, shootait à nouveau dedans pour le renvoyer le plus haut possible. Encore et encore, il recommença l'opération jusqu'à vingt-cinq fois avant de s'arrêter.

« Aïe-ah, se disait Petit Tang, qui regrettait fort de ne pas avoir de volant, comme ce jeu est excitant ! Si j'en avais un, décida-t-il,

je l'expédierais dans les airs trente fois de suite sans le laisser tomber une seule fois. »

– Et si on jouait à saute-mouton ? suggéra un autre enfant.

Petit Tang s'apprêtait à faire une partie de saute-mouton quand il entendit Dragon d'Or l'appeler. Était-ce à cause de ses trois nattes attachées par des cordonnets de différentes couleurs ? En tout cas, il semblait faire l'important. Il tenait quelque chose à la main.

– Petit Tang, s'écria-t-il, regarde ! J'ai trouvé une pièce de dix sous par terre, dans la rue. Je vais aller la dépenser tout de suite à la boutique de jouets. Veux-tu venir avec moi ?

– Oh, oui ! répondit Petit Tang qui avait déjà renoncé à la partie de saute-mouton.

Aller à la boutique de jouets lui plaisait bien davantage !

Pendant toute la route, Dragon d'Or ne cessa d'évoquer les différentes sortes de jouets qu'il pourrait acheter. Selon lui, il y en avait des quantités qu'on pouvait se procurer avec une pièce de dix sous.

– Un diabolo ? demanda petit Tang.

– Peut-être, répondit Dragon d'Or.

– Ou bien un volant ? demanda encore Petit Tang.

– Peut-être, répliqua Dragon d'Or. Nous verrons une fois là-bas.

L'échoppe de jouets était l'endroit le plus magique de tout le village. Il y avait là, presque en permanence, des enfants qui traînaient autour de la boutique, regardant avec des yeux noirs brillants de convoitise les mille et une merveilles exposées là. Parfois, ils avaient quelques sous à dépenser, parfois, ils venaient juste jeter un coup d'œil. La plupart du temps, Petit Tang devait se contenter d'admirer les jouets, mais, bien entendu, c'était plus amusant d'acheter quelque chose. Et c'était aussi très amusant d'aider un ami à choisir un jeu ou un jouet.

Le chemin qui menait à l'échoppe magique était lui-même bordé d'échoppes aux devantures attirantes, entre autres celle des articles en fer-blanc et celle des paniers, ainsi que plusieurs buvettes et restaurants modestes.

Petit Tang et Dragon d'Or s'arrêtèrent une minute pour regarder un homme disposer des miches de pain encore fumantes

sur un plateau et humer la délicieuse odeur des choux en train de cuire. Ils regardèrent aussi un autre homme attraper des nouilles dans une marmite à l'aide d'une louche, puis un autre encore faire des pains de toutes les formes en tordant la pâte à pain en tous sens. Les deux garçons commençaient à avoir grand-faim, mais ils continuèrent leur route en direction de la boutique de jouets.

Ils étaient presque arrivés quand ils faillirent heurter un coiffeur pour hommes occupé à installer son étal sur le trottoir.

– Qui veut se faire raser le crâne ? Qui veut se faire raser le crâne ? lançait-il d'une voix chantante.

Et tout en hélant les badauds, il disposait son tabouret, son établi – un volet sur deux tréteaux – et son nécessaire à raser. Il y avait de l'eau chaude, du savon, des serviettes de toilette et des rasoirs étincelants. C'était très intéressant de le regarder préparer son attirail.

– Qui veut se faire raser le crâne ? lança-t-il à nouveau.

– Moi ! répondit soudain Dragon d'Or.

– Ce serait vraiment dommage d'enlever ces trois jolies petites nattes, dit-il en riant aux éclats.

– Non, au contraire, répliqua Dragon d'Or. J'en ai plus qu'assez, de ces nattes ! Je voudrais avoir la tête entièrement rasée, comme un homme.

Petit Tang tira Dragon d'Or par la manche.

– Mais tu ne devais pas aller acheter un jouet ? demanda Petit Tang d'une voix anxieuse.

– Si, répondit Dragon d'Or. Mais je veux d'abord me faire raser la tête.

Dragon d'Or grimpa donc sur le haut tabouret du coiffeur et resta là parfaitement immobile. Et, après avoir affûté son rasoir, l'homme supprima une natte, puis deux, et enfin, la troisième et dernière. Quand il eut terminé son ouvrage, le crâne de Dragon d'Or était rond et lisse comme un œuf, sans le moindre poil dessus.

– Est-ce que je ressemble à un homme à présent ? demanda-t-il à Petit Tang qui, lui non plus, n'avait pas bronché pendant toute la durée de la séance.

– Oui, répondit Petit Tang d'une voix un peu triste. Mais tu ne ressembles plus à Dragon d'Or.

Dragon d'Or se laissa glisser à bas du tabouret.

– Eh bien, maintenant, allons voir la boutique de jouets ! fit-il.

– Hé, attends un peu, dit le coiffeur. Je t'ai rasé la tête, il faut que tu me payes.

Dragon d'Or avait complètement oublié ça.

– C'est combien ? demanda-t-il au coiffeur.

– Dix sous.

Dragon d'Or et Petit Tang échangèrent un regard consterné. Dix sous, c'était là toute la fortune de Dragon d'Or. Il ne pouvait

plus être question de jouets à présent. Toutefois, il était trop tard pour changer d'avis. Dragon d'Or avait déjà la tête rasée, et il fallait bien payer le coiffeur. Il lui donna donc sa précieuse pièce de dix sous.

– Je ne peux plus rien acheter maintenant, conclut-il.

– Peu importe, dit le coiffeur. Tu achèteras un jouet une autre fois. Aujourd'hui, tu t'es fait raser la tête.

– Oui, acquiesça Dragon d'Or d'un ton tout joyeux.

En réalité, il était très fier de son crâne rasé. Mais Petit Tang, lui, se sentait un peu triste. Il aurait tellement préféré que Dragon d'Or achète un jouet ! Un diabolo, peut-être, ou bien un volant.

Quand Petit Tang rentra à la maison ce soir-là, ce fut pour voir sa mère poser sur la table un simple plat de boulettes de pâte cuites à la vapeur, mais il était si affamé qu'il en oublia aussitôt sa déception. Et quand Dragon d'Or rentra chez lui, sans ses trois jolies nattes, ce fut pour entendre sa mère pleurer et crier.

– Tu te passeras de souper ce soir, dit-elle, tu es un vilain, un très vilain garçon !

Dragon d'Or avait faim, lui aussi, mais il ne regrettait pas le moins du monde d'avoir le crâne rasé de près et aussi lisse qu'un œuf. Il se plaisait beaucoup comme ça.

CHAPITRE 9

Où Petit Tang décide de se faire mendiant

Par une belle journée ensoleillée du début de l'été, Petit Tang cherchait des criquets dans l'herbe, non loin de la grand-route. Il avait une boîte pour les ranger, une boîte ronde faite du fruit d'une gourde. Elle était colorée en orange vif et délicatement sculptée. Petit Tang pensait que cela n'ennuierait pas les criquets d'être capturés si on les déposait dans une aussi jolie boîte.

Les pêchers qui bordaient la grand-route avaient fleuri, et les vents printaniers avaient balayé toutes les fleurs. À présent, les arbres couverts de feuilles ménageaient une ombre fraîche dans laquelle il était agréable de jouer.

Ce jour-là, le père de Petit Tang travaillait dans les champs de légumes qui s'étendaient entre la grand-route et le village, et sa mère était occupée à la maison. Ses sœurs jouaient avec des amies, tandis que Jade-Li, assis dans la cour, écoutait l'oiseau pépier dans sa cage. Mais Petit Tang, qui s'était mis en tête d'aller chercher des criquets, était près de la grand-route.

Tout en farfouillant dans l'herbe, il fredonnait un petit air. Si seulement il pouvait rapporter un seul criquet à la maison, sa famille serait enchantée ! Grande Fleur et Petite Fleur aimaient beaucoup les criquets, il le savait. Quant à Jade-Li, il n'en avait jamais vu un seul !

« Peut-être dira-t-il quelque chose quand il l'entendra siffler à l'intérieur de la boîte », songeait Petit Tang. Car il cherchait tous les moyens possibles et imaginables de faire parler son frère.

Jade-Li était capable de ramper sur une courte distance mais il était toujours incapable de marcher comme de parler. Petit Tang craignait quelquefois qu'il ne puisse jamais ni marcher ni parler. Il oubliait tout le temps que Jade-Li n'avait pas encore un an, même si, depuis le Nouvel An, on disait qu'il avait deux ans parce qu'il avait connu deux années différentes.

Petit Tang chassait sans relâche les criquets. Mais peut-être les criquets l'avaient-ils entendu venir et s'étaient-ils cachés de peur d'être capturés, ou peut-être d'autres garçons les avaient-ils déjà tous attrapés. Quoi qu'il en soit, il semblait impossible d'en trouver un seul.

Petit Tang se sentait tout triste. Il aurait tellement voulu rapporter un beau criquet à son petit frère, et, en outre, c'était vraiment dommage de n'avoir rien à mettre dans la boîte. Cependant, il ne regrettait pas du tout d'être venu près de la grand-route. Il décida de grimper à un arbre.

Aussitôt dit, aussitôt fait. Avisant l'arbre le plus proche, il grimpa, grimpa, haut, très haut. Il avait beau presser ses genoux contre le tronc et l'agripper des deux mains, c'était dur, très dur. Plus il grimpait haut, plus l'arbre semblait grandir. Toutefois, il continua à grimper, centimètre après centimètre. De temps à autre, il glissait et perdait un peu de terrain. Mais après bien des efforts, il réussit enfin, en tendant le bras, à atteindre la branche la plus basse. Le reste ne fut qu'un jeu d'enfant : d'abord une jambe, puis l'autre, et bientôt, il se retrouva dans l'arbre.

C'était merveilleux d'être là-haut. Il n'y avait plus de fleurs à contempler ni de pêches à manger, bien sûr, mais il pouvait regarder à travers les feuilles et parcourir du regard toute la campagne alentour. Il y avait là son propre village, qui avait l'air très petit, presque insignifiant avec ses maisons cou-

leur de poussière et ses toits de tuiles grises ou de chaume. Et puis il y avait la Grande Rivière avec, dans le lointain, les bateaux à voiles qui descendaient jusqu'à la mer.

Et il y avait, plus intéressante encore, la grand-route juste au-dessous de lui. En se penchant un peu, Petit Tang voyait les charrettes et les brouettes chargées de légumes cheminer en gémissant et en grinçant et les voyageurs passer avec des ballots entre les mains. Que c'était donc amusant d'assister incognito à un tel spectacle !

C'était toujours le même cortège interminable de charrettes, de pousse-pousse et de piétons se rendant à la ville. Petit Tang aurait bien voulu se joindre au cortège, mais après avoir réchappé de peu à la noyade, il avait promis à ses parents de ne plus jamais faire de fugue. C'est pourquoi il se contenta d'observer choses et gens du haut de son arbre. Il avait le cœur un peu mélancolique, il est vrai.

Et voilà que, soudain, il se rappela les jeunes mendiants qu'il avait vus une fois courir le long de la grand-route. Au même moment, il se souvint de la boîte qu'il avait laissée sous l'arbre quand il avait commencé à grimper.

« Eh bien, se dit-il, je serai un mendiant ! »

Après tout, il n'avait jamais promis de ne pas être un mendiant ; et puis mendier, ce n'était pas du tout la même chose que de s'enfuir de la maison.

Il glissa donc à bas de l'arbre, si précipitamment qu'il fit un accroc à sa veste, mais il se dit que ce n'était pas bien grave, au contraire. Quand on était mendiant, plus on avait de trous dans ses vêtements, mieux c'était.

Après quoi, il ramassa sa boîte. Ce serait un récipient parfait pour recueillir les aumônes. Enfin, après avoir inspiré profondément, il se mit à courir le long de la grand-route.

La main tendue, il courait, courait à côté des charrettes et des pousse-pousse. Mais il se sentait timide et n'osait pas dire : « Donnez-moi de l'argent ! Donnez-moi de l'argent ! » car il n'avait encore jamais été mendiant.

Toutefois, les passagers des charrettes et des pousse-pousse semblaient savoir ce qu'il escomptait obtenir. Quelques-uns d'entre eux, peut-être parce que trop pauvres ou trop fiers, ne lui donnaient rien du tout, mais d'autres, qui ne savaient peut-être que faire de leur argent ou qui, tout simplement, étaient volontiers généreux avec les mendiants, lui jetèrent des sous. Il en attrapa trois ou quatre au vol, mais il dut ramasser tous les autres par terre.

Au début, Petit Tang trouva le métier de mendiant très facile. Il n'avait rien d'autre à faire que de courir le long de la grand-route en tendant la main.

Mais au bout d'un moment, il changea d'avis. C'était un bien rude métier, au contraire. Les pesantes charrettes, bien que lentes, avançaient plus vite que lui, même quand il courait, parce qu'il avait de trop petites jambes. Et pour pouvoir suivre les pousse-pousse, il fallait vraiment courir à toute allure, aïe-ah !

Lorsqu'un voyageur lui jetait une pièce de monnaie qu'il ne réussissait pas à attraper au vol, il devait se hâter de la ramasser avant qu'un tireur de pousse-pousse ne lui crie :

– Ôte-toi de mon chemin, galopin !

Il lui fallait aussi se faufiler sous les sabots des chevaux et prendre garde aux pattes de derrière des ânes qui trottaient allégrement.

Petit Tang avait vraiment l'air d'un mendiant à présent, tant il était couvert de poussière. De la poussière, il en avait partout : sur les mains, sur le visage, et sur ses vêtements qui en étaient littéralement saupoudrés. Les bandes de tissu bien nettes qui resserraient son pantalon à la cheville étaient maintenant toutes décousues et traînaient, manquant le faire trébucher.

« Aïe-ah ! se dit Petit Tang après avoir couru, esquivé sabots et roues, et ramassé des sous pendant un bon moment. J'en ai assez d'être mendiant ! »

Et il s'arrêta au bord de la grand-route, là où il ne gênait pas le passage, pour compter ses sous.

– Deux…, quatre…, six…, onze…

Quelle masse de pièces il y avait donc là ! Il les rangea bien à l'abri dans sa boîte et s'enchanta de les entendre tinter. Ah, quel joli bruit elles faisaient ! Il avait l'impression d'être très riche.

Mais il se sentait aussi très fatigué. Quand il se retourna pour regarder tout le chemin qu'il avait parcouru, il lui sembla qu'il ne pourrait jamais franchir une seconde fois cette distance, ni en courant, ni même en marchant. La grand-route s'étendait à l'infini devant lui, et, à l'autre bout, loin, loin, tout là-bas, les deux rangées d'arbres qui la bordaient des deux côtés se rencontraient en un point.

« Comme je suis allé loin ! » songea Petit Tang.

Il regarda alors dans l'autre direction : non loin de là, droit devant lui, il y avait un village, le premier des villages que traversait la grand-route avant d'atteindre la ville. Petit Tang avait si chaud et si soif qu'il se dit : « Je ferais bien de gagner ce village et de me procurer une tasse de thé avant de reprendre le chemin de la maison. J'ai largement de quoi m'offrir un thé. »

Il poursuivit donc sa route, sans mendier cette fois, et il ne tarda pas à arriver au village.

La grand-route était devenue une simple rue, bordée de boutiques aux devantures ouvertes. L'une des premières était justement une buvette.

Petit Tang s'arrêta sur le seuil de l'échoppe.

– Est-ce que je peux avoir une tasse de thé ? demanda-t-il.

Le commerçant le regarda d'un air très surpris.

– Tu m'as l'air d'avoir fait un bien long voyage ! s'exclama-t-il.

Petit Tang hocha la tête.

– Je suis sur le chemin du retour maintenant, dit-il.

Puis, tandis que le marchand continuait à le dévisager, il sortit un sou de sa boîte et le lui tendit.

– J'ai très soif, ajouta-t-il.

Sans un mot de plus, l'homme servit une tasse de thé à Petit Tang et attendit qu'il ait bu son thé jusqu'à la dernière goutte pour faire observer :

– À présent, tu ferais mieux de te dépêcher de rentrer à la maison. Ta mère va se demander où tu es passé.

– Oh, non ! s'écria Petit Tang. Je suis un grand garçon.

Il avait beau dire, il se sentait tout de même un peu inquiet.

Il avait fait demi-tour et s'apprêtait enfin à retourner chez lui, quand une autre échoppe, sur le trottoir d'en face, attira son attention. On aurait dit une échoppe de vêtements, mais ce qui intéressait le plus Petit Tang, ce n'étaient pas les vêtements, c'était une rangée de chapeaux de paille tout ronds suspendus à l'extérieur de la boutique : ils étaient charmants, ces chapeaux avec leurs bords relevés et leur garniture de pompons fantaisie roses et verts ! « Comme ils sont jolis ! pensa Petit Tang. Ils ont l'air destinés à de très jeunes enfants. Et si j'en achetais un pour Jade-Li ? pensa-t-il alors. Peut-être ai-je assez de sous pour ça. »

– Ne dépense pas tout ton argent d'un seul coup, lança une voix derrière lui.

C'était le marchand de thé. Mais Petit Tang ne lui prêta pas la moindre attention et se hâta de traverser la rue, en direction de la boutique aux chapeaux.

Un autre marchand s'avança à sa rencontre.

– C'est combien ? demanda Petit Tang en désignant les chapeaux du doigt.

– Ce sont là de très jolis chapeaux, répondit le boutiquier qui ne manqua pas de le dévisager comme le premier. J'ai bien peur qu'ils ne soient trop chers pour toi.

– J'ai dix sous, déclara Petit Tang en tendant sa boîte.

L'homme regarda le petit visage anxieux et les habits couverts de poussière.

– Bon, très bien, dit-il avec un sourire. Ils valent plus que ça en réalité, mais je veux bien t'en laisser un pour dix sous.

Petit Tang vida donc le contenu de sa précieuse boîte dans la main du marchand et choisit le plus petit chapeau de la boutique. Il semblait être à la taille exacte de Jade-Li.

Après quoi, il se mit en route. Il était si content qu'il ne sentait même plus la fatigue.

Et, tout en cheminant le long de la grand-route brûlante et poussiéreuse, il prenait garde à tenir bien serré le chapeau de paille. « Ah, songeait-il, comme Jade-Li sera content quand il le verra ! »

Petit Tang marcha et marcha, veillant à bien rester sur le bord de la grand-route pour ne pas être bousculé. Le soleil était haut dans le ciel, et l'air brûlant était de plus en plus poussiéreux, mais Petit Tang était déjà lui-même si poussiéreux qu'un peu plus de poussière ne changeait pas grand-chose à l'affaire.

Il n'était plus un mendiant. De toute façon, il faisait bien trop chaud pour courir après les charrettes et les pousse-pousse. Il faisait même presque trop chaud pour marcher, mais Petit Tang poursuivit sa route, encore et encore, sans jamais s'arrêter, parce qu'il s'était absenté très longtemps de chez lui et qu'il était anxieux. Sa famille s'imaginait peut-être qu'il avait fait une nouvelle fugue.

Petit Tang regrettait fort de ne pas pouvoir demander à un conducteur de charrette

de l'emmener. Mais les charrettes qu'il croisait allaient toutes dans la mauvaise direction. Il aurait bien aimé demander à un pousse-pousse de l'emmener. Mais les pousse-pousse qu'il croisait étaient tous déjà occupés. Petit Tang poursuivit donc bravement sa route à pied jusqu'à ce qu'un joyeux tintement derrière lui l'oblige à tourner la tête. Il y avait là un homme assis sur le dos d'un âne. C'étaient donc les clochettes suspendues au cou de l'âne qu'il avait entendues tinter.

– Aimerais-tu faire un tour à dos d'âne ? lança l'homme.

– Oh, oui ! s'écria Petit Tang.

En un clin d'œil, l'homme avait sauté à terre et hissé Petit Tang, avec chapeau, boîte et tout le fourbi, sur le dos de l'âne. Après quoi, il grimpa dessus à son tour, et les voilà partis !

Petit Tang n'était encore jamais monté à dos d'âne. Il était si excité qu'il ne pouvait prononcer un mot. Mais quand l'animal commença à galoper, l'enfant se mit à rire tout haut, tout fort.

Piétons chargés de baluchons, pousse-pousse et charrettes, ils les dépassaient tous.

Ils étaient plus rapides que quiconque sur la grand-route.

Presque en un rien de temps, Petit Tang arriva en vue de son village qui avait exactement la même apparence que le matin, quand il l'avait quitté. Il était content de le revoir, mais tout triste que la promenade soit déjà finie.

– C'est là que j'habite, dit-il à l'homme.

– Est-ce que tu as eu peur ? demanda celui-ci en le déposant à terre.

– Oh, non ! répondit Petit Tang. J'adore monter à dos d'âne !

À peine l'homme eut-il effleuré l'âne de son fouet que, déjà, ils s'éloignaient au trot sur la grand-route. Petit Tang les observa pendant un moment avant de traverser les champs qui le séparaient encore de son village. Et bientôt, il eut atteint sa maison.

– Oh, Petit Tang ! s'écria Lune d'Automne en voyant son fils arriver. Qu'as-tu fait à tes vêtements ? Tu as l'air d'un vrai mendiant !

Petit Tang baissa les yeux et regarda ses habits tout poussiéreux.

– Je ne suis plus un mendiant, déclara-t-il.

Il lui raconta alors ses aventures sur la grand-route et lui montra ce qu'il avait acheté pour son petit frère.

– Le chapeau est très joli, répondit Lune d'Automne. Mais ce n'est pas bien de mendier ; c'est même aussi mal que s'enfuir.

Et tandis qu'elle lui lavait le visage et les mains et lui mettait une veste propre, elle lui fit promettre de ne plus jamais, jamais être un mendiant.

Mais elle ne lui donna pas de fessée.

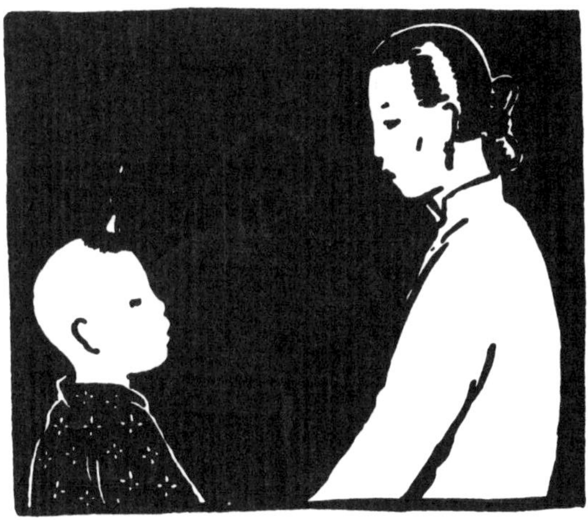

■ CHAPITRE 10 ■■■

Où l'on voit que Petit Tang devient responsable

Petit Tang voulait donner sans attendre son cadeau à Jade-Li.

– Où est-il ? demanda-t-il à Lune d'Automne, dès qu'il fut lavé et qu'il eut enfilé une veste propre.

– Il joue dans la cour, répondit-elle.

– Je ne le vois pas, déclara Petit Tang en secouant la tête.

La mère se précipita à la porte et regarda dehors. La cour était quasiment déserte, à l'exception du tigre de tissu qui traînait dans un coin et d'une brouette vide. Jade-Li était invisible.

– Grande Fleur et Petite Fleur ont dû l'emmener faire un tour dans la rue, dit Lune d'Automne.

Toutefois, elle avait l'air un peu inquiète, et se hâta de traverser la cour pour gagner le portail.

– Grande Fleur ! Petite Fleur ! appela-t-elle à nouveau.

Et bientôt, ils virent les deux filles tourner en courant à l'angle de la rue. Ni l'une ni l'autre ne portait Jade-Li dans ses bras.

– C'est déjà l'heure du souper ? dirent-elles.

– Où est Jade-Li ? demanda la mère. N'était-il pas avec vous ?

– Non, répondirent les deux sœurs d'une seule voix. Nous pensions qu'il jouait dans la cour.

– Il n'y est plus, fit Lune d'Automne, mais il y était encore tout à l'heure. Êtes-vous bien sûres toutes les deux que vous ne l'avez pas emmené dans la rue ?

Grande Fleur et Petite Fleur secouèrent la tête. Non, elles n'avaient pas emmené Jade-Li avec elles.

– Oh là là, oh, mon Dieu ! s'écria Petit Tang. Il a dû faire une fugue !

Mais sa mère et ses sœurs lui expliquèrent que c'était impossible, puisque Jade-Li ne savait pas marcher. Quelqu'un avait dû le voler.

– Va vite dans le champ avertir ton père, Petit Tang, dit Lune d'Automne. Quant à vous, Grande Fleur et Petite Fleur, venez m'aider à le chercher dans le village. Peut-être les voisins l'ont-ils aperçu.

Petit Tang partit comme un trait et dévala le sentier à toutes jambes, oubliant qu'il n'en pouvait plus de courir. Il fallait absolument trouver Jade-Li !

Il était à bout de souffle quand il rejoignit son père qui était occupé à travailler dans son champ de choux.

– On a p-perdu Jj-jade-Li ! fit-il en haletant.

Tout d'abord, le père ne voulut pas le croire.

– Ce n'est pas possible, déclara-t-il.

– S-si, s-si, si, c'est possible ! dit Petit Tang en agitant désespérément la tête.

Cette fois, le père le crut. Il interrompit aussitôt son travail et se mit en route pour le village. Il marchait à si grands pas que Petit Tang avait beaucoup de mal à le suivre. Lorsqu'ils arrivèrent, ce fut pour constater que presque tout le monde au village semblait être au courant de la disparition de Jade-Li et participait activement aux recherches. Les gens regardaient à l'intérieur des maisons, s'interrogeaient mutuellement et jetaient de petits coups d'œil furtifs dans chaque brouette qu'ils rencontraient.

Ils avaient oublié le souper. Ils avaient oublié les travaux des champs. Tous, hommes, femmes et enfants, ne songeaient plus qu'à une chose : retrouver Jade-Li.

Petit Tang se sentait encore plus triste que le jour où il avait cru son canari perdu. Mais on avait bien retrouvé l'oiseau, alors on retrouverait peut-être aussi Jade-Li.

– Tu es sûr que tu ne l'as pas vu ? demanda-t-il à Didi.

Mais l'enfant ne l'avait pas vu, son grand frère Dragon d'Or non plus. Ils le cherchaient, eux aussi.

Le soleil était bas dans le ciel à présent, et il ferait bientôt nuit. Un jour, Petit Tang s'était égaré dans le noir, et il n'avait pas du tout,

du tout aimé cela. Des chiens avaient aboyé, et il avait eu peur d'eux ou presque. Il fallait absolument qu'il retrouve le pauvre Jade-Li !

Tout le monde le cherchait dans le village ; personne ne semblait avoir pensé aux champs. Petit Tang dévala donc tout seul le sentier qui menait aux champs et passa en courant devant l'étang où il avait patiné l'hiver précédent et où coassaient à présent les grenouilles. Alors seulement il s'arrêta pour réfléchir. Il prit la décision de faire tout le tour du village à pied en suivant la lisière des champs.

Il n'eut pas à aller très loin. Devinez un peu ce qu'il aperçut quand il atteignit la bordure du champ le plus proche de sa maison : Jade-Li ! Un Jade-Li qui dormait profondément, allongé au milieu des herbes hautes ! Il avait rampé là tout seul.

– Père ! Mère ! Grande Fleur ! Petite Fleur ! appela Petit Tang.

En quelques instants, une foule de gens s'attroupa autour de Petit Tang et de

Jade-Li. Et en moins de rien, ils se retrouvèrent tous les deux chez eux, entourés par leur famille et par autant de voisins que la maison pouvait en contenir.

Tout le monde parlait à la fois, mais c'était Petit Tang qui parlait le plus fort.

– Il a sûrement marché jusque-là ! disait-il d'une voix qui couvrait toutes les autres quand, soudain, il se rappela quelque chose.

Aussitôt, il fila chercher le chapeau de paille orné de pompons roses et verts et le tendit à Jade-Li qui était maintenant tout à fait réveillé et semblait enchanté par toute cette joyeuse agitation autour de lui.

Lorsqu'il aperçut le chapeau, le bébé tendit les mains pour l'attraper.

– Cha-peau ! dit-il.

Grande Fleur, Petite Fleur et Petit Tang échangèrent des regards ravis.

– Maintenant, Jade-Li sait parler et marcher ! s'écrièrent-ils.

Tout le monde avait le cœur en fête. On admira Jade-Li avec son chapeau neuf et on félicita Petit Tang d'avoir réussi à trouver son frère.

– Tu es vraiment capable de t'occuper de ton petit frère, déclara Lune d'Automne.

– Et cela demande de ne pas le quitter des yeux une seule minute, ajouta Petite Fleur d'un ton très grave. Car j'ai bien peur qu'il ne devienne aussi espiègle que Petit Tang !

FIN

■■■ L'AUTEUR - ILLUSTRATRICE ■

Eleanor Frances Lattimore est née à Shangaï en 1904 où elle passe ensuite toute son enfance. Elle quitte plus tard la Chine pour suivre des études d'art en Californie et à New York, où elle commence par travailler plusieurs années comme illustratrice indépendante. Ses premiers livres publiés en tant qu'auteur-illustratrice, qui puisent largement dans ses souvenirs personnels et évoquent le pays où elle a grandi, contribuent à assurer sa notoriété. Son œuvre compte plus d'une cinquantaine de titres mais *Petit Tang*, son premier livre publié, bientôt suivi de *Petit Tang et ses amis*, a connu un succès tout particulier et s'est rapidement imposé comme un véritable classique.
Eleanor Frances Lattimore est morte en 1986.

PETIT TANG

Folio Cadet n° 496

d'Eleanore Frances Lattimore

Je m'appelle Petit Tang. J'habite avec mes sœurs et mes parents dans un petit village de Chine. J'adore patiner sur l'étang et manger des tang-hulurs avec Dragon d'Or, mon meilleur ami. Mais ce que je préfère, c'est tirer des pétards pour fêter le Nouvel An ! Un jour, j'ai failli m'envoler avec mon cerf-volant et me noyer dans le fleuve… mais j'ai promis depuis de ne plus faire de bêtises.

Découvre aussi d'autres histoires pour voyager dans des pays lointains

FLEUR-DES -NEIGES

Folio Cadet n° 514

de Pierre-Marie Beaude illustré par Claude Cachin

Feur-des-neiges vit au pays du Soleil-Levant. Elle aime en secret Tadashi, un garçon de son âge. Souvent, elle se rend à la dernière maison du village, en direction du volcan, observer le vénérable Matsuo Seki, écrivain public et poète. Quand le maître accepte de lui enseigner l'art de la calligraphie, son rêve se réalise enfin. Les années passent… Un jour, Tadashi vient la voir et lui demande d'écrire une lettre d'amour…

CONTES D'UN ROYAUME PERDU

Folio Cadet n° 462

d'Erik L'Homme illustré par François Place

Au nord-ouest du Pakistan, caché par d'immenses montagnes, se trouve l'ancien royaume de Chitral. De son fabuleux voyage, Erik L'Homme a rapporté trois contes enchanteurs où vous croiserez Begal, l'invincible joueur de polo, un roi bouffi d'orgueil lancé sur les traces du léopard des neiges et Hashim Bigim, la princesse rêveuse.

LE LION BLANC

Folio Cadet n° 356

de Michael Morpurgo illustré par Jean-Michel Payet

Dans la savane d'Afrique du Sud, au début du siècle, Bertie fait une rencontre extraordinaire : un lionceau tout blanc, orphelin. Il l'adopte. Ils sont inséparables, jusqu'au jour où le jeune garçon est envoyé en pension, en Europe, et le lion dans un cirque. Se reverront-ils ?

LA MAGIE DE LILA

Folio Cadet n° 385

de Philip Pullman illustré par Susan S. Callagher

Dans un royaume lointain de l'Orient, la petite Lila rêve de devenir fabricante de feux d'artifice, comme son père. Mais celui-ci ne l'entend pas de cette oreille, car pour être maître dans l'art de la pyrotechnie il faut réussir de périlleuses épreuves : gravir le volcan Merapi, affronter le Démon du Feu et rapporter le Soufre royal. Passionnée et courageuse, Lila relève le défi.

UNE MUSIQUE MAGIQUE

Folio Cadet n° 446

de Lara Rios illustré par Vicky Ramos

Rodrigo habite avec sa grand-mère et ses deux sœurs un village de pêcheurs du Costa Rica. Il adore se promener avec son chien Chori et s'endormir chaque soir en s'envolant sur le dos de Juana la tortue. Mais un fantôme vient souvent troubler ses rêves. Un jour, sur la plage, le jeune garçon fait une étrange rencontre et découvre un objet magique : une boîte à musique…

SADI ET LE GÉNÉRAL

Folio Cadet n° 466

de Katia Sabet illustré par Clément Devaux

Sadi, le jeune orphelin, est devenu l'apprenti du matelassier Farghali. En 1798, des événements vont bouleverser sa vie. Le général Bonaparte débarque au Caire avec son armée et s'installe dans le palais d'Elfi bey. Il convoque les meilleurs matelassiers pour regarnir coussins et matelas. Sadi fait ainsi son entrée au palais. Un jour, le jeune garçon découvre au fond d'une housse un trésor incroyable…

BARBEDOR

Folio Cadet n° 172

de Michel Tournier illustré par Georges Lemoine

Le roi Nabounassar III régnait sur l'Arabie Heureuse depuis plus d'un demi-siècle lorsqu'il découvrit un poil blanc mêlé au ruissellement doré de sa barbe. Or le soir même, ce poil avait mystérieusement disparu. Et ainsi, chaque jour, un poil blanc apparaissait et, presque aussitôt, disparaissait. Quelqu'un avait-il entrepris de voler la barbe du roi ?

COMMENT WANG FÔ FUT SAUVÉ

Folio Cadet n° 178

de Marguerite Yourcenar illustré par Georges Lemoine

Voici l'histoire d'un vieux peintre chinois du nom de Wang-Fô. Il peignait si bien que ses tableaux étaient magiques. Malgré cela, Wang-Fô était très pauvre, car il donnait ses peintures en cadeau ou les échangeait contre un bol de riz. Un jour, cependant, l'empereur le convoqua en son palais, pour le menacer, lui, le vieux maître qu'il admirait tant, d'un terrible châtiment…